D E A R + N O V E L

子どもの時間

榊 花月
Kazuki SAKAKI

新書館ディアプラス文庫

S H I N S H O K A N

子どもの時間

目次

イラストレーション／西河樹菜

子どもの時間

1

莫大《ばくだい》な遺産をのこして母親が死んだ時、高梨結《たかなしゆい》が知ったのは、自分には会ったこともない「親戚」がこんなにたくさんいた、ということだった。

毎日のように、彼らはやって来て、嘘臭い思い出話を聞かせてくれた。君が結ちゃんかあ！　おおきくなったなあ。あなたのおむつを替えたこともあったのよ？　お母さんとは、田舎《いなか》にいる頃は親しく往き来してたんだけどねえ。

嘘つけ。

そういった自称・親戚の有象無象どもへの応対は弁護士に任せ、結は向けられる愛想笑いや値踏みするような視線に、まったく同じ反応を返した——はあ、そうなんですか。どうもどうも。

弁護士は三十過ぎの、まだ若手の部類に属する男だが、その冷静な態度やあくまで事務的な口調などから、結はひそかに「電子計算機」と名づけていた。

莫迦《ばか》のようにへらへら笑う遺児十六歳と、なにを言ったって「法的には」を前提に彼らの要求する遺贈をブロック、ホームの手前でアウトにする辣腕《らつわん》の少壮弁護士が相手じゃ、期待通りの結果なんか得られない、と半日も居坐《いすわ》れば判《わか》ったらしい。

最後には、憎々しげな眼差《まなざ》しをこちらにつきつけて引き上げてゆく彼らを、なんの感動もまじえず結は見送った。すいませんね、お役に立てなくて。

だから、その男が現れた時も、結はまたか、と思っただけだった。

四十九日が過ぎて、訪ねてくる「親戚」もそろそろいなくなった頃。

莫迦でかい屋敷の仏間で、結はぼんやり座敷に坐っていた。

学校には、その間ずっと行っていない。

もともと、好きな場所じゃなかった。

授業料だけはきっちり納めておけば単位をくれるような学校なので、これ幸いと忌引《きび》きを長引かせている。

心配してくれる友だちがいないでもなかったが、そんなこともどうでもよくなっていた。

四歳の時に父親を、そして高校二年で母親を喪《な》くし、文字通り天涯《てんがい》孤独の身になってしまったことでたいそうショックを受けているのだ、と、彼らは結の無沙汰《ぶさた》をそんなふうに勝手に解釈しているのだろう。今はまだ、そっとしておいてやるのがいい時。

そうなのかなあ。

仏壇《ぶつだん》の前には白布をかけた台が置いてあり、ろうそくと線香、お供えと骨壺《こつつぼ》の箱が置いてある。

その真ん中に、黒枠におさまった母親の写真。

二十歳《はたち》で結を産み、二十四で未亡人となり、三十六で他界する人とは思えない、健康的な笑顔が励ますように結に投げかけられている。

そういえば、記憶にある限り、この人はいつも幸せそうに笑っていたような気がする。

結の父親である夫が、二十以上も年上のその男が亡くなった前後がどうだったのか、結にはもう遠すぎて思い出せないが。

ただ、二人きりの食卓で向き合う時、たまに「こうしておいしいご飯がいただけるのも、みんなお父様のおかげなのよ？」と思い出したように言い聞かせることがそういえばあった。

このひと月半、線香だけは絶やさず上げてきたが、そんなに母親思いの殊勝《しゅしょう》な息子だったっけか、俺？

その死にショックを受け、プチ引きこもり状態になってしまう――少なくとも、周りはそう思っている――ほどに。

自分でもよく判らない。最近は、一緒に食事をとることもなくなっていた。思春期だから。

微妙なお年頃だから。

ほんとはあんま、お母さんのこと好きじゃなかったから？

それも微妙に違うのだが。

俺、あの人のことどう思っていたんだろう。

二十歳で父親ほどの年齢の男に嫁ぎ結を産んだ母親が、世間からどう思われていたかは知っている。

母親は、父の話を結にほとんどしなかった。

だからって、世間が言うような人間だと、母親を見ていたわけでもなく。

幸せそうな人だなあと思っていただけだ。

幸せな人はいいな、幸せで。

ほんとに幸せだったのかは、それはよく判らないけど。それまでがどれだけ幸福でも、三十半ばでクモ膜下《まくか》出血で死んでしまっては、しょうがないような気がする。三十六なんて、今の俺からしたら辿《たど》り着けない気のする遥《はる》かな未来だけど、という分を差し引くにしても――せっかくの人生なのにもったいない。

でも……。

仏壇の前に坐ってぼうっとする。ぼうっとしたりするから、とりとめのない思考がぐるぐるする。

いい加減自分でも煮詰まった時、ふと中庭に人の気配を感じて、結は顔を上げた。

見知らぬ男が立っていた。

植木屋？　と一瞬思う。月に一度、職人が剪定《せんてい》しに来る。

けれど、中庭の男は手に鎌も花ばさみも持っていない。

それに、いつもの人はもっとずっとおじさんだ。

またあれか、親戚と称する謎の生物か。

しかし、お悔やみに来るなら来るで、それなりの服装をすればいいのに、男はTシャツの上に長袖《ながそで》のシャツを羽織《はお》ってジーンズというなりである。弔問《ちょうもん》には些《いささ》か不似合いなラフすぎる出《い》で立《た》ち。肩に届くほどの不揃《ふぞろ》いな髪。逆光で詳しい容貌《ようぼう》がよく判らないが、若いらしい感じ。

以上のことをさっと見て取り、さてと向き直った時、

「鮎《あゆ》の息子か」

誰何《すいか》する前に、相手のほうが口を開いた。ややハスキーな声。

「誰、あんた？」

母親の名を聞いて、結はやや身構えた。やっぱあれか、自称だけ親戚の類《たぐい》。

「幾つだ、十六じゃないのか、鮎の息子」

「だから？」

「来客にむかっていきなり『あんた誰？』なんて訊《き》くように、お母さんからしつけられたのか？」

「……客なんだ？」

「そう」

男は近づいて来ると敷石に靴を脱ぎ捨てて仏間に上がってきた。

「ちょ、客なら正面玄関からはい……」

しかかった抗議は、しかしいきなりぐい、と顎《あご》を摑《つか》まれて遮《さえぎ》られる。

「お、おいっ」

すぐ間近に、男の顔がある。思ったほどは若くない。二十代後半……大沢《おおさわ》——例の弁護士——より少し若いぐらいか。

そして、くっきりした二重瞼《ふたえまぶた》の真っ黒な瞳が、なにかを確かめるようにこちらを見下ろしていた。

凝視されて、結は声が出ない。おい、誰かいないのか。ああ、今日は家政婦が来ない日なんだった。まさかそんなことまで調べた上でこの狼藉《ろうぜき》を？　だから、こいつ誰なんだ。

「——ふん」

が、数秒後、男は顎を摑んでいた手を離した。

なにか不満でもあるのか鼻を鳴らすと、

「あんま似てねえな」

この男、お母さんのことだって実は知らないのでは？　俄《にわ》かに発生した嫌疑に、結は胡乱《うろん》に相手を見竦めた。場合によっては、大沢に連絡することになるかもしれない。

「……そっくりだってよく言われるけど？　お母さんには」

「親父のほうにって意味だよ」

男はシャツの胸ポケットから煙草《たばこ》を取り出した。

「……」

「母親似かそうじゃねえかぐらい、その写真見りゃ一目瞭然《いちもくりょうぜん》じゃんか」

ラッキーストライクを一本咥《くわ》えると、無精ヒゲの生えた顎をしゃくる。

灰皿、という意味なのは判った。けれどむかつく。なんで、どこの誰か知らんような奴を座敷に上げて、もてなしたりしなくちゃならねえんだよ。

しかし、畳を焦がされてはたまらないので、結は立ち上がり、座敷のテーブルに載っているガラスの灰皿……基本的にこの家には喫煙者《きつえんしゃ》がいないのだが、弔問客のために用意してあるのだ……を取る。

そうして、男の膝《ひざ》の前にわざと投げ出すように置いてやろうとして、動きを止めた。

男は、写真を凝視していた。

高梨鮎……母の写真を。

その横顔に、なんとも痛ましい表情を認めて結は一瞬畳の上に立ち尽くす。

なんだってこいつ、こんな目でお母さんの写真、見てんだ？

天涯孤独なはずの母親に実は、離ればなれになっていた弟がいたとか……んなわけないのは既に大沢の調査で確認済みだ。

「……灰皿」

結局、坐りながら行儀よく男の前に灰皿を置くことになる。しずしず。気にはなるけど、莫迦らしいよ、とも思う。

男は、夢から醒《さ》めたような顔になってこちらを見た。

「あ？　ああ」

なぜかは知らないが、狼狽《ろうばい》している。

意味判んねえよ。そっぽを向く結。

が、思い直して向き直った。

「で、あんた誰？　また鮎さんの親戚かなんか？」

「『鮎さん』？」

男は目を細め、剣呑《けんのん》な表情になった。

「お、お母さんだよ」

「知ってる。ふん、鮎さんなんて呼んでたのか？　てめえの母親を、他人行儀だな」

「放っとけよ。どう呼ぼうがこっちの勝手だ」

「なるほど、それで母親が死んでも、あんま哀《かな》しんでもいないってわけだ」

ぎくりとした。

「だから、誰なんだよってさっきから訊いてんだろ」

動揺を胡麻化《ごまか》すように、勁《つよ》い口調になる。

「言っとくけど、鮎さ、お母さんの腹違いの兄とか弟とかいとことかはとこなんか存在しないから」

男は目を細めた。

「さっきもそんなこと言ってたっけな。なんだそれ」

「通夜からこっち、そんなんばっかだから。いい加減飽きたんだよ。お母さんには現世に身寄りがほんっとーに一人も存在してないの、俺以外」

結は口を噤《つぐ》んだ。

不遜《ふそん》な顔つきがじょじょに変化してゆき、さっき母の写真に対峙《たいじ》していたのと同じ表情になったのを見て。

結が黙ったので、座敷はしんとする。庭の木々の、さわさわいう葉ずれの音だけになった。

「そうか」

やがて男が言った。

「大変だったんだな、お前も」

「だから、なんで『お前』呼ばわりなんだよ。それ以前、なんでひとの母親、呼び捨てにすんだよ。親類じゃないとしたら、あんた誰？」

「誰なんだろうねえ」

男はにやりとする。

そこにはもう、さっきの痛ましげな労《いたわ》りの色など残ってはいない。揶揄《からか》うような、思わせぶりな、意味深な言葉つき。

気になる。

「想像できない？　『ユイ』ちゃん？」

どきりとした。

目を瞠《みは》った結を、相手は愉《たの》しそうに見やり、

「ほらほら、そんなに見開いちゃ、でっかい目が落っこっちゃうよ？」

「だから、誰なんだよ！」

「鮎の男」

「は？」

「って言ったら信じる？」

アユノオトコ。意味を理解するまで、その六文字がぐるぐる頭を巡った。

「し、信じるわけないじゃん」

どきどきする胸を押さえて結は気丈に言い返した。お母さんの……恋人？

もちろん、そんな相手がいたっておかしくはない。二十四で未亡人になって十二年、いや年齢なんかどうでも、恋愛は自由。

だからって、そんなことが自分の母親の身に起こってはならなかった。なぜって、母親とは母親であり、決して女であってはならないから。

それを、この得体の知れない男が覆した。

「鮎のオトコ」、たった六文字で。

「……」

男は片頰《かたほお》に笑みを浮かべてそんな結を眺めている。内心の動揺も勁がりも、残らず見抜いていそうな深い瞳。

背筋に弱電流でも流された気になって、結は思わずぞくりと身震いをした。

「……ほんとは誰?」

今度はおそるおそる訊《たず》ねる。

男は答えず、灰皿に煙草を擦《こす》りつけた。

片膝を立ててこちらに向き直る。

「なあ!」

「——高梨鮎。旧姓谷口《たにぐち》。昭和××年、琵琶湖《びわこ》のほとり生まれ。十七歳で上京、二年後に高梨儀助《ぎすけ》氏と出会い、結婚。翌年男子を出産」

「……んなの、興信所でもなんでも使えば、どうにだって」

「右胸の乳首の横に、直径一ミリほどの黒子《ほくろ》あり」

「――！」

今度こそほんとうに、目が零《こぼ》れ落ちそうになった。十歳ぐらいまで一緒に風呂に入っていたから、母のその場所に黒子があるのを知っている。息を呑《の》む結に満足そうな笑みを投げかけると、

「納得した？」

できるかよ！

2

男は円堂《えんどう》と名乗った。円堂基《もとき》、二十八歳。職業、特になし。しいて言えばヒモ。

ヒモぉ!?

そういう人種がいるのは知っているが、こんなに間近で見るのは初めてだ。しかも、それが自分の母親の、ときている。

厭《いや》だ。

でもそうらしい。円堂は、高梨鮎《たかなしあゆ》――結《ゆい》の母親――と「援助交際」していたらしい。

援助交際って。結は哀《かな》しむべきなのか、呆《あき》れるほうがいいのか悩む。

「嘘だよ」

で、精一杯の抵抗をしてみた。

「だって鮎さん、ひと言もそんなこと」

「そりゃそうだろ」

円堂は、莫迦《ばか》にしたふうに笑った。

「どこの母親が、息子に『あたし、今年下の男の子を囲ってるの』なんて教えると思う？」

そ、そりゃそうだ。

特に露出狂でもなければ……そして母はそんな気質ではない。

だからって、なんでこいつと一緒にいるわけ？　俺。

思い返すだに腑《ふ》に落ちない。

自分で判《わか》らない自分自身の選択／行動が、他人に解読できるわけがない。

結は今、円堂の車の助手席にいる。

なんでこうなったかというと、母親の身体的特徴を指摘して結を黙らせた後、円堂はさっさと立ち上がり、

「じゃ、焼香もすんだことだし」

入ってきたほうへ行きかかるのを、まだ納得できていない結が引き止めたのだ。

「待てよ！　あんた、なんなんだよっ」

「だから、鮎の元カレ。さっきから言ってるでしょ」

「そっ、そんなぐらいで鵜《う》呑《の》みにできっかよ」

「ママの身体《からだ》の秘密を聞かされても？」

「そんなんは……そんなんだって調べようとすりゃできる」

「ほお。どうやって」

「その……盗撮とか」

円堂はわずかに頬《ほお》を歪《ゆが》め、そんな結を見下ろした。

が、次の瞬間、

「莫迦ばかしい」

くるり踵《きびす》を返したので、結はその足にすがりつかんばかりになって、

「待てよー」

訊《き》きたいことは、いくらもあった。

知りたいことも、幾つも——自分の知らない母親の世界。

そこには自分が一番知りたかった答えがあるのかもしれないのだ。

すると円堂はやはり片頬だけで笑って、

「じゃ、一緒に来る？」

どこへ、と訊いても答えはなかった。

——そんなんで、見ず知らずの、いや、名前と顔は知っているが、素性も定かではない男の車に乗っている俺はなんなんだ、と思う。

なんでもよくなっているからなんだろうか。

このひと月あまりの間、唯一の肉親に死なれて、そうしたら親戚と名乗るいろんな人間がやってきて——伯父《おじ》さんだとかいとこだとか、今まで自分にはないと思っていた母方の関係者が

次々現れて、最初のうちはそれでも少しは嬉しかったのだ。

俺にも母親にも血のつながった相手がいる。

でも、全員偽者だったけど。

ひとつずつ嘘が暴かれてゆく度、心のどこかがひしゃげていった。

人間不信とかそういう言葉で飾りたくはないけど、世の中はそんな奴ばかりか、と思ったりもした。金のためなら平気でひとを欺《あざむ》くような。

でもそれを汚いだとか醜いとか言えるのは、俺が金銭面では不自由したことのない育ち方をして来たからなんだろう、というのも判った。

なら、欲しい奴にはくれてやれば。面倒になってそう言った時に、大沢《おおさわ》からたしなめられて、判った。

誰も信じられない、なんて思っていないことは今、こうしていることでも窺《うかが》える。よかったよ、スネオになんなくて。

そういう問題か？

結局は、よく判らないってことだ。

なぜ円堂と行く気になったのか。

これからどこへ向かうのか。

「なあ。どこ行くの」

心配になって、傍らでハンドルを握る男に訊《たず》ねた。

「どこ行くかなあ」

そんな返事だった。

怪しいこと極まりないよ。限りも涯《はて》も見えないドライブ、ウィズよく知らない人。

それでも出る前に、大沢には電話をしておいた。

「今んとこ俺の後見人みたいなもんだし、あんたも無駄に誘拐《ゆうかい》の嫌疑なんかかけられたらたまんないだろ」

円堂は唇の端だけで笑った。お好きにどうぞ。

「あ、あとヤジにも言っとかないと」

「誰だ、それ」

「友だち」

数少ない、心を許せる同級生。

円堂が反対しなかったので、矢島恭弘《やじまやすひろ》にも電話をかけた。

「俺、今からちょっと旅に出るからさ」

『旅ぃ!? ってお前、今どこにいんの。学校どうすんの』

携帯のむこうですっとんきょうな声を上げる友人に「よろしく」とだけ残して切った。

たぶん矢島ならよろしくしてくれるはずだ。通夜に、コンビニで買ったとおぼしきジュースや菓子類を袋いっぱいに下げて現れ、「まあ飲めよ」と自らプルタブを上げて無理矢理ウーロン茶の缶を握らせてくるような奴。

「だから、どこ行くんだよう」

ぼんやりとつきまとう不安に、ふたたび訊ねてみたが、

「どっか」

円堂の答えはあい変わらず惚《とぼ》けている。

「どっか、て」

「旅だよ」

すると円堂は、はじめてこちらを見た。

「ってお前、自分で言ったじゃん。旅に出るんだろ？　俺たち」

「そ、それは……」

「だったらいいじゃん、それで」

……怪しい。

怪しい奴の、怪しい手口に引っかかって、もしかしたらそのうち身代金を要求する電話でもかけさせられそうだ。ママー、助けて。明日までに四億円払ってくれないと僕、殺されちゃうよ！

でも、そんな「ママ」はいない。

「あのさ」

また声をかけた。

「なんだ」

「俺なんて、いくらにもなんないぜ？　抜け目ないからさ、あの電子計算機」

「電子計算機？」

「弁護士だよ。いくらお前が脅しをかけたところで、結局国家権力の介入は避けられない。お前なんか、即逮捕だからなっ」

「あのなあ」

円堂は呆れた顔でこちらを見た。

「誰が言葉巧みにお前のこと呼び出した？　そっちが勝手にくっついて来ただけじゃんか」

「だって、それはお前が、『そんな気になるんなら、俺と一緒に来る？』とか言うからだろ」

「ほうら、俺は打診してるだけじゃんか。来る？　とは言ったが、来い、とは言っとらん。なにも無理矢理さらって来たわけじゃないんだ」

「判ってるよ、そんなの……前、前」

前の車と、車間距離が縮まりすぎていたのだった。

結の指摘で、円堂はスピードを落とす。

ほんとについて行って大丈夫なんだろうか、こいつ、と別の意味で考えた。

誘拐する気でもなけりゃ、無理心中したいわけでもないらしい。

無理心中、と過《よぎ》った語を、結は周章《あわ》てて追い払った。そんなのは、テレビの中でしか起こらないことになっている。俺が巻き込まれるわけないじゃん。

根拠レスな安心感を得て、それじゃあと思い直す。懸念するようなことはなにもないわけだ。どっかのホテルに連れ込まれて、猥褻《わいせつ》な行為を……なんていうのは女子の上にしか起きないわけだし。

考えて、ぎょっとする。他ならぬ、考えた自分自身に対して、だ。

もしかしたら、最初に浮かんだことは、そういう心配だったのかもしれない……。

莫迦ばかしい。すぐに打ち消す。

もしそんなことになったって、抵抗すれば、ちょっと暴れれば逃げ出せる。俺だって男なんだ。こんな男ぐらい、躱《かわ》せるさ。

そんな埒《らち》もないことを思い巡らせながら、車窓に流れる景色を眺める。

知らない間に、ずいぶん遠くに来ている。

目に映る風景は、いずれも見憶《みおぼ》えのないものだ。

「あ……」

やがて結は声を上げた。

「海だ、海だ!」

思わず運転者の袖《そで》を引っ張る。

「なあ、海だよ？」

「知ってるよ」

引っ張られながら、円堂は苦笑した。

それが、しょうがねえなガキは、というよりはもっと違う意味合いを含んでいるように思えて、結は口を噤《つぐ》む。優しいとさえ見えるその表情……。

なんとなくどぎまぎして、結は海のほうを見た。

車を停めて、石段を降りる。

まだ少し早い、夏の海。目の醒《さ》めるような青。

白い波頭が、波打ち際にむかって盛り上がり、飛沫《しぶき》を上げ、寄せてくる。

シャツの裾《すそ》をはためかせながら、結は砂浜を走り、振り返った。

「来ないの？　気持ちいいよ、走ると」

円堂はゆっくりと近づいてくる。砂をざくっと踏みしめるような足取り。

「あ、おっさんは速くは動けないからか」

皮肉ってやると、少し離れたところから、

「大人は、そんなことよりもっと気持ちのいいことをいろいろ知ってんの」

あっさり皮肉で返された。

さまざまな空想がぐるぐる頭を回転し、結果、結は、

「ちぇ」

足元の砂を蹴《け》るぐらいのリアクションしかとれない。なんだよ大人ったって、二十八じゃんか。

だが、そうなるにはあと十二年も要する俺。

勝てるもんか——そもそも勝負してるわけじゃない、とこれは負け惜しみ。判ってるさ。

「想像しただろ、今」

だが結に追いつくと、円堂はなんのつもりでか問う。

「なにを」

「エッチなこと。俺と鮎がやってたような、こ、と」

ぐっと言葉に詰まった結を見て、愉《たの》しそうに笑った。

「つまりセックスだ」

「……」

まったく「ちぇ」だよ。結は一人むくれて、砂浜を歩き出した。

ボートが並んでいる。

砂の中に何かの瓶《びん》が埋まっている。

あまり綺麗《きれい》な海じゃない。

よく見ると、そこここにゴミが落ちていて、結は足元にあったアイスの棒を何気なく靴先でひっくり返した。

当たり。

マジかよ。振り返ると、円堂がついて来ている。

アイスの当たり棒なんか拾ったのが判ったら、それこそ「ガキ」と思われる。くそ。見なかったことにして、もう一度棒をひっくり返した。

ボートのむこうに、岩がある。

結は岩に触れてみた。温かい。波の打ちつけない部分は、乾いているらしい。

目線の高さに手頃な出っ張りをみつけて、結はそれに掴《つか》まった。よっこらしょっと身体《からだ》を伸ばし、次いで岩のてっぺんに手をかける——と、ぬるりとした感触が掌《てのひら》に伝わった。岩の上には、ミズゴケが生えていたのだ。

つるっと滑ってバランスをなくす。あ、しまったと思った時は身体が宙に浮いていた。その後はまっ逆さま。

ではなく、落下は途中で止まった。ふわりと抱き止める腕。

「危ねえなあ、まったく」

結を抱えて、円堂は苦笑している。

ガキ、と思われる要素をまた作ってしまった。

けど、なんでそう思われたくないんだろう。

十六歳は、たしかに大人ではないけれど、手のかかる幼児ほどではない。二十八歳の男からすれば、そりゃ子どもには違いないけれど。

だからって、円堂から莫迦にされたくはない。それはなんでなんだろう。

なんでって、十六には十六なりのプライドがあって、それなりの意地もあって、だから子ども扱いされたくないのだ、特にこんな生業《なりわい》を「ヒモ」なんて自称する奴から。そう、自分だって地に足なんかついてないじゃんか、こいつ。

それだけだ。

そんないいわけを自分自身にして、結はやっと、

「……どうも」

とりあえず感謝の意だけは表した。

「素直じゃん」

褒《ほ》められると、またそれはそれで。

「莫迦にすんなよ。……おいっ」

円堂がそのまま歩き出したので、結は焦った。これじゃ世に言う「お姫様だっこ」だよ。誰が姫？　恥ずかしい。

……こいつの腕って、こんな感じなんだ。

よけいなことまで思ってしまう。ごつごつしてるけど、温かくて、力勁《ちからづよ》い――。

「下ろせよっ」

「ハイハイ。ほんと、お姫様は気難しいなあ」

下ろしてもらえはしたが、今自分が思った、その通りを言われてしまう。結はくっと円堂を睨《にら》んだ。

「そんな顔すんなって」

円堂は急に手を伸ばして結の頭をくしゃっと掴んだ。

「アイス買ってやるからさ」

「！」

どっちがガキだよ。

円堂がひらひらさせる、さっきのアイスの棒に、結は呆れた。

道路沿いにあった小さな商店で、アイスを当たり棒と引き替え、さらにもう一本買って、石段に二人、腰かけてアイスを食べた。

結がソーダ味で、円堂はいちご味だ。

ブルーとピンクのアイスが、上の段と下の段でさくさく削られてゆく。

無言。

こういうアイス食う時に静かなのって、なんか変だな。

けれど、話すことはない。

いや、訊きたいことなら山ほどあるのだ。

しかし円堂がそれに本当の答えを言ってくれることはなさそうだ。

お母さんとどこで知りあったの？　――それはいつ？　――いつから始まって、いつ終わったの。それとも、終わらないままお母さんが逝《い》っちゃったってこと？

どれを訊いたって、円堂の答えは曖昧《あいまい》なものになるのは判っている。さあな。どうだろうねえ。憶えてないなあ。

道行きの最初の辺りで、もう悟っていた。こいつはなんにも教えてくれそうにないって。なら、なんでついて来たりしちゃったんだろう、俺。

自分自身が、いちばん謎だ。

けれど実際、こうしている。

石段の上と下に腰かけて、アイス舐《な》めちゃったりしている。

一段下の円堂の肩。段差がなさすぎて、つむじまでは見えない。

潮くさい風と、飛び立つ鷗《かもめ》たち。

「――海っ端《ぱた》の家」

ふいにそんな言葉が口をついて出た。

「なに？」

肩がくるりと反転して、円堂が訊き返した。

「どっか海のそばに小さなコテージ建てて、そこで一生暮らしたいって、お母さんが言ってたことがあるなって」

円堂は目を細めた。

「思い出しただけ」

見透かされるようなそんな眼差《まなざ》しが怖くて、結は急いで付け足した。

「ふうん」

が、円堂は、興味なさそうに言っただけだった。

その反応に、ある疑いが過る。

「興味ないのか？」

「なにが」

「だって、お母さんの、あんたの恋人だった高梨鮎の夢なんだぜ、それを『ふうん』って。恋人のくせに、あんたそんなことも知らなかったのかよ」

「買えばいいじゃん」

すると円堂は面倒そうに言った。

「金持ちなんだろ。海辺のコテージでもなんでも」

「――」

「知ってたさ、鮎の夢なんて」

円堂は、面倒そうなままで言った。

「降るような星空の下で泳ぐんだろ。テラスのテーブルに、青と白のチェックのクロスを掛けるんだ」

言って、こちらを見る。

「そんな莫迦にしたような……」

「だってそうじゃん。お前大金持ちなんだから、行けばいいじゃん、俺は言いましたね。タヒチでもなんでも。俺はどこにでもついて行くさ」

「そんな勝手なこと」

「なにがなんでもあの莫迦でかい屋敷にしがみついてる必要なんてない。庭に死体でも埋まってるってんじゃない限り」

「――」

円堂の黒々とした瞳が、なにかを晒《さら》してゆくようで、結は俯《うつむ》く。

「南の島のコテージだったよな。青い空と白い砂浜が、どこまでも続いてゆくんだったよな」

結とは対称的に、円堂は饒舌《じょうぜつ》になる。視線を戻すと、円堂はにやにや笑っていた。

「な、なんだよ」

「べつに。急に『お母さん』の話を聞いて、辛《つら》くなっちゃったんだなと思って」

「つ、辛くなんかないよ、べつに」

「べつに、ってお母さんじゃん」

「だって俺、マザコンじゃないし……どうだっていいんだよ」

「おお可哀想《かわいそう》に、鮎。苦労して育てた息子に、どうでもいい扱いされちゃって」

「だから！　そういうのとも違うのっ」

「じゃ、どういうんだよ」

「どうって……人には言わないの、そういうのは」

どきどきしてくる。隠した疑いやいろいろな思いが、こいつに判ってしまったらどうしよう。

「そういう意味での『どうでもいい』なわけだ。よかったな鮎、息子に見捨てられてなくって」

——判るわけないいんだ、俺がしっかりしてれば。

「だから、やめろよそういう話は」

「ふふーん」

鼻で笑って、そのリアクションに頬をふくらませた結に、円堂はふと微笑《ほほえ》みかける。

思いがけず優しげな笑顔に、どきりとした。

すぐに、元の傲岸《ごうがん》そうな顔に戻り、

「溶けるぜ」

アイスを指した。

青いアイスキャンディーから、ぽたりと石段に雫《しずく》が滴った。

結は周章てて、アイスを齧《かじ》った。

「食うの遅いな、お前」

「大きなお世話だよ」

結は残った塊《かたまり》を全部口に入れ、濡れた指を拭《ふ》いた。

ふと気がつくと、とうにイチゴキャンディーを平らげた円堂が、じっとこちらを見つめている。

「なんだよ」

意味ありげな眼差しに、結はまたしても問わざるを得ない。

「ハズレ」

円堂は食べ終えたアイスの棒を翳《かざ》している。

周章てて自分のほうのをひっくり返してみた。

「当たり！」

「おう、ラッキーじゃん俺。よこせ」

「なんでだよ」

「アイス買ったのは俺だから」

たしかに金は円堂が出した。財布も持たずに来たから、結の所持金はゼロである。

「だって、選んだの俺じゃん。ついでに言うと当たり棒を見つけたのだって――」

「でも、拾わなかったと」

「……」

「いいよ、冗談だよ。お前がとっとけ。アイス一本で末代まで祟《たた》られちゃあ、かなわないぜ」

そこまで怨《うら》みがましげな顔してたのか、俺。

恥ずかしい。アイス食ったばっかなのに、なんか顔が熱くなるよ。

「さ、行くか」

はずれの棒をぽんと放り投げ、円堂が立ち上がる。

「おい、ゴミのポイ捨てはいけないいんだぜ？」

そこいらの悪ガキと変わらない、円堂の所業に結は呆れる。

段を下りて、円堂の捨てた棒を拾う。

ついでにそこにあったコンビニの袋も拾って、棒を捨てた。今後、これをゴミ袋とすることにする。

「几帳面《きちょうめん》だなお前」

「普通だよ」

そっけなく言って、結は助手席に乗り込んだ。

「それも『鮎さん』からのしつけ？」

「……」

「あ、言っちゃいけなかったのか、『鮎さん』のことは」

そんな莫迦にした顔をする奴に、母の話なんか振られたくないだけだ。

でも、そもそもそれを知るために同行したんじゃなかったのか？

ぼんやりする結の前に、ぬっと円堂の腕が伸びた。

びくりとして、身を退《ひ》いた結に、

「半ドア」

なら、そう言えばいいのに、運転席からわざわざ手を伸ばして、結の側のドアをばたんと閉めている。

その間ずっとお腹に円堂の肘《ひじ》が当たっていて、結はなんでか身じろぎもできなかった。

「シートベルトもして欲しい？　トリップ中のお姫様」

気づけば揶揄《からか》うようなあの目が覗《のぞ》き込んでいる。

「け、結構だよっ」

結はむっとして、シートベルトを自分で締めた。

3

どうでもいい、ってわけじゃない。

母親のことは、けれど、結《ゆい》にとっては微妙に複雑な感情を呼ぶものだ。

もっと稚《おさな》い、ほんのガキの頃には、なついていた気がする。お母さん、大好き！　あの頃なら俺、たぶん心からそう言える。結は思う。だって他には誰もいなかったもの。この世界じゅうで、肉親といえるのは母だけだから。俺たちは、たった二人で世の中に放り出された逃亡者みたいなもんだった。

ところが……。

学校に上がり、世界が広がると、周囲からいろんな雑音が聞こえてくるようになった。友だち、その親、たまにやってきては厭味《いやみ》を言う自称親戚の皆さん。

それらを統合すると、結にも判《わか》ってきた。独身の資産家、兄弟もなく親族もほとんどいない。それを知っていて、父親ほども歳《とし》の離れた男の妻になった若く貧しい娘。

二十歳《はたち》といったら、まだ少女に近いだろう。

遊びたい盛りだ。おしゃれもしたい。金が要《い》る。けれど自分では満足な飾りつけを自分に施してやることができない。

そんな時、莫大《ばくだい》な経済力を土産《みやげ》に、大人の男が近づいてきたら？

少しの我慢で、したい放題ができる。

――結が考えたのではない。父のいとこだかはとこだかに当たるとかいうおばさんの言葉だ。陰険な、狡《ずる》そうな目をして、おばさんは言った。まあまあ、鮎《あゆ》さんもねえ、ほんとに少ししか苦労しなくて裕福な暮らしができて、よかったわねえ。

なにが言いたいのかなんて、一目瞭然《いちもくりょうぜん》だろう。財産目当て。打算と欺瞞《ぎまん》に充《み》ちた結婚生活。

父親は、結が四歳の春に亡くなった。

酔っ払って、階段から転げ落ち、頭をしたたかに打ったのだ。

その前後のことを、結は憶《おぼ》えていない。

ありていに言えば、四歳以前の記憶がないのだ。

結にとっての最初の記憶、それは父親の葬儀にはじまる。

襖《ふすま》が取り払われ、白黒の鯨幕で蔽《おお》われたあの座敷で、結は一人ぽつんと坐《すわ》っている。

いや、実際には一人じゃなかったのかもしれない。家には大勢の人が出入りしていたし、それはなにもわらわらと現れた「親族」と名乗る面々に限らない。近所の人、同級生とその親、そしてもちろん、父親と仕事上でつきあいのあった人々。

同級生を除けば、全員が大人だった。

大人たちはひそひそと話を交わし、時折こちらを見た。

結が憶えているのは、値踏みするようなそれらの視線であり、子ども心にもなにか警戒しなければならないものを感じた。

後になってから、ひそひそ話の内容が判った。

判って、母を財産目当ての雌狐《めぎつね》呼ばわりしたそれら大人たちを烈《はげ》しく憎んだ……ということはない。

だからって、彼らと一緒になって「お母さんは汚い」などと責めたわけでもない。

ただなんとなく、事実かどうかもわからない噂を知ってしまった時から薄ぼんやりとした膜が、母とのあいだにできてしまった。そんな気がする。

むろん、母がその件で結に愚痴《ぐち》ったり、つい本音を漏《も》らすようなことはなかった。

先述の自称・親戚や父の仕事関係や弁護士等々が押しかけ、てんやわんやだった葬儀の後も、それから一週間に一度は厭味を言いにくる父親のいとこだかなんだか、とにかく法的にも父の財産を相続する権利なんかない彼らに相対した後も。

ただそんな時には、何時間も仏間にぼんやり坐っていることがよくあった。

ちょうど、母を送った後の結がそうだったように。

それと、「お父さんに感謝しましょうね」というあの食事の時の口癖《くちぐせ》と、いつも幸せそうに笑っていたのが、物心ついて以来、結の知る母親像の総《すべ》てだ。

……総て？

ほんとうに俺は、そう思っているんだろうか。

ほんとうはもっと他に、本音があるんじゃないのか。

そのことを考えると、胸になにかが蓋《ふた》をする。

それ以上、考えてはいけないという兆候。

怖いのは厭だ。で、結は回想のスイッチをＯＦＦにする。

パチン。

4

その日は、海辺に建っているひなびた民宿に一泊した。

どこへ行くんだか、どうなるんだかもよく判《わか》らない。

民宿の布団は、少しかび臭く、けれどなぜだかどこか懐かしい香りがした。

夜中に一度、目を醒《さ》ました。

傍らの布団では、円堂《えんどう》が気持ちよさそうにすうすう眠っている。

風体《ふうてい》からして、絶対いびきをかくタイプと思っていたのだが、意外と寝相もいい。

そういえば、夏、よく腹を出して寝ていては、母親に注意されたな。

母は、結《ゆい》が寝てしまってからじゃないと床《とこ》につかないらしかった。

深夜に必ず一度、結の様子を見に来ては、エアコンの温度を上げ、タオルケットをかけてからそっと部屋を出ていくらしかった。

それは夏ばかりではなく、冬でも春でも秋でも同じで、つまりは一年中ってことだ。

おかげで結は、夏場は暑さで目を醒まし、「もう！　勝手にエアコン弱くすんなよー」と母親に文句を言ったものだ。

それも、中学校の一年ぐらいまでで、それから親子のコミュニケーションはじょじょに少なくなっていった。

どこの家でも同じなのだろうが、思春期にさしかかった息子と母親の関係なんてのは。

けれど、俺たちはたった二人だけの肉親だったのにな。

それ以上考えると、またあの、考えたくないどん詰まりまで行ってしまいそうだった。

結は思考を中断し、ふたたび視線を隣の布団に向けた。ほんとこいつ、なんなんだろう。

ほんとうに自称している通りの「鮎《あゆ》の男」なんだろうか。

厭《いや》な想像が過《よぎ》った。

つまり、こいつの言うのが本当で、母と円堂が秘密の恋愛関係にあったとして、その秘密がいつから続いていたのか、ということだ。

もし、結婚前からだとしたら――コテージの話をした時の態度から推して、円堂は高梨《たかなし》鮎が金持ちであることが気にくわないようだ。

愛はあるが金はない、若い男を見限って、高梨儀助《ぎすけ》……父親と一緒になったのだとしたら、裕福になった恋人をそりゃ軽蔑《けいべつ》もするし、ましてや裕福な未亡人にまでなったら、いっそうシニカルな気分にもなりそうだ。

ほんとうは、母のことを憎んでいる？

でも、それならあの、母の遺影に対した時の、あの痛ましい顔つきはなんなのだろう。結が、母を名前で呼んでいると知った時の、皮肉っぽい言い方。

ほんとうに、恋人なのかもしれない。

元、とつくのか進行形だったのかは判らないけれど、それだけは嘘ではなさそうだ。

そうなると、さっき過った疑いである。

父親の存命中にもずっと関係が続いていたとしたら、もしかしてこいつが俺の本当の親父だって可能性だって、絶対になくはないわけだ。

「親父には全然似ていない」ってあの言葉も実はダブル・ミーニングで……父親にも円堂にも結が似ていないのは事実だから。

そんな莫迦《ばか》なこと、と言い切れない理由がある。

小学校の四年の頃だったたと思う。

結は、自分の名前が嫌いだった。

ユイ、という名の、字面はともかく響きは女の子の名前みたいだと、友だちに揶揄《からか》われることがあって、自分でもそう思っていた。いや、むしろ揶揄《やゆ》されたことでそうなったのだが、たぶんその日もそんなことが学校であったんだろうと思う。

なんで僕、男なのに「ユイ」なんてつけたのさ。

家に帰って、そんなことをぶちぶち言っていた。不満を並べた。苛立《いらだ》ちをぶつけた。

ところが母親は笑った。微笑《ほほえ》んで、それはね、と可愛《かわい》らしい声で言った。私がアユ、だからユイ、ね？　しりとりになってて愉《たの》しいでしょ？

結は呆《あき》れ、この母を追及しても無駄そうだということを、子ども心に薄々感じたのだったが、母は続けてこう言った。

だから、次は男の子を生もうってお父様と約束したのよ？　男の子を生んで、「イチ」って名前をつけるの。イチはいちばん初めの一。ねっ、素敵でしょ。

ますます呆れた。

けれど、と、円堂の寝息を聞きながら現実に立ち返って結は思う。

あの話が本当なら。

イチ。一。ハジメ。元。基。

母が夫を裏切っていたのだとすれば。

恋人の名を、もしかすると結の本当の父親の名を次の子どもにつけようとしていたのだろうか。

それはないか。結は思い直す。だって、それじゃ俺、こいつが十二歳の時の子どもってことになる。小学六年か中一。どっちにしても、父親になるには早すぎる年齢だろう。

だからって、きっぱり「ない」とは言い切れないけれど。どんなとっぴなエピソードでも、ナッシングと断じるには結は疑り深すぎ、この男は謎すぎた。

いや、と次の可能性に突き当たる。その二番目の子どもの父親が、恋人のほうになっていたかもしれないのだ。

夫が亡くなったため、不自然に二人目など作れなくなったってだけで。

そんなのは、結は胸を押さえた。柔らかくて小さな心臓が、そこでどきどき脈打っている。

そんなのは、ダメだ。

考えちゃ、ダメだ。

お母さんを、これ以上疑ったら。

でも、疑っているからこそ、こうして得体の知れない男との道行きとなっているんじゃないのか？

うーんと唸《うな》り声がして、その得体の知れない男が寝返りを打つ。

結ははっとして我に返った。

起きているのに気づかれぬよう、ごそごそ布団に潜り込んだ。


翌日は雨で、雨のしのつく中、二人は降り籠《こ》められたように半日を車で過ごす。

「どこ行くんだ？」

そろそろ気になり始めた。車窓に流れる景色は、とっくに結に馴染《なじ》みのないものになっている。

「今さら訊《き》くなよ」

咥《くわ》え煙草《たばこ》でハンドルを握りながら、円堂が横目にこちらを見やる。

その視線に、なにか冷ややかなものを感じ、結はまじまじと円堂を見つめ返した。

「だから、んな目ん玉落っこちそうな顔で人を見んなっつってんだろ」

かけられた言葉も、邪険な口調で肺の辺りがじわりと疼《うず》く。

「なんだよ？」

どんな顔になっていたのか判らない。細めた目の奥の光は不吉な色で、それは結を怯《おび》えさせるもので、だから結は俯《うつむ》いた。

舌打ちのような音がして、車内に沈黙のヴェールが降りてくる。

……せめてカーステぐらいかけてくれたらいいのに。

……なんでこんなことでヤな思いしなけりゃいけないんだ。

家に帰りたい。

だけどここからでは、もう帰れない。

それよりも、と下を向いたまま結は考える。俺、こんな時に俯くような奴だったか？　きかん気で、顔に似合わず気が勁《つよ》いって誰からも言われて、つまんない学校には行かず、厭な奴には平気で毒づき、つまりはくそ生意気なガキってことだが、それこそが高梨結のはずだったのに。

なんでこんなおっさんが怖いんだよ。

いや……。

怖い、んじゃないんだ。

冷たくされたのが哀《かな》しいんだ。

なんで、って、それは。

結の思考は、そこではたと立ち止まる。

そんなんじゃ、まるでなんかみたいじゃないか。なんかっていうのは、それはつまり……。

やめよう。

不意に直面した、自分の本音ってやつに、気づかないようにして結は心に浮かんだそのことを閉め出した。

なんか、こんなんばっかだな、俺。

その後、思う。

触れたくないことや知りたくないことには背を向けて、せり上がってくる感情をシャットアウトして。

封殺といえば聞こえはいいが、結局逃げてるだけなんだ。

判ってはいる。

けれど、もてあますような感情をずっと手にし続けているのは怖いのだ。

やっぱ俺、ただのガキなんだな。しかもクソのつく。

判ったふうなふりをして、学校に馴染んでいる同級生たちを高みから見下ろしているような、学校での俺って人間像もついでに思い出し、結は自己嫌悪の渦の中だ。

聞こえるはずのない雨の音が、心の中で鳴っている。

そうしながら、気詰まりなドライブがしばらく続く。

「――なんか聴くか」

円堂のほうから声をかけてきた。

さっきとは違い、不穏な響きのない普通の声音。

「えっ」

「音楽でも。喋《しゃべ》らねえんなら、音楽でもかけとかなきゃ、テンション下がるじゃん」

「……なにがあんの」

下がったのはそっちのせいだと内心で言い返しながらも、結はややほっとして訊いた。

「CD。そこのボックスに入ってるから」

言われてグローブボックスを開ける。

ごちゃごちゃとCDやなにかが入っている。

「うわあ」

ハイ・スタンダード、ハスキング・ビー、スモーガス……モーサム・トーンベンダー。

「案外、若い趣味なんだ」

「アホか。そいつらは俺と同世代だっつうの」

そういや、そうか。でも俺は同世代だからって「ジャニーズジュニア」なんかに興味を持ったりしない。

それも違うか。CDを掻き回していたら、そいつにぶつかった。

「……」

写真。母親の。

若い。若いといっても結婚した後だろう。

ちょうど今頃の季節に着るような、薄いブルーのワンピース姿で、片手で髪を押さえながら笑っている。

「なに」

円堂の声に、結はびくっと肩を震わせた。

「いや……」

胡麻化《ごまか》そうとしたが、円堂は既《すで》に、結が見ているものを見つけている。

一瞬目が険しくなる。結の胸は再度震える。またあの、怖い顔になるのか？

が、円堂は思い直したように、

「それか」

ごく普通の声で言う。

「これ、あ、お母さん何歳の頃の？」

「二十、三、四かな」

「じゃ、俺生まれてた？」

次第に心がざわついてくる。次の質問を、果たして発しても車内の空気は変わらないのか？

「バリバリ、いたんじゃないの。お前も、親父も」

「……いつから知ってたの？」

してしまった。その質問を。ぶつけてしまった、円堂に。

だが、思ったほど険悪にはならなかった。

円堂は前を向いたまま、

「そうだな、鮎が十八の頃」

「十八……」

なら、結婚前だ。

ざわつきが一時的におさまる。

「で、でもその時はあんたは十歳だよな」

「あ？　なんだ？　お前、ひょっとして俺がお前のほんとの親父じゃないかって疑ってる？」

「そ、そんなことは」

「んなわけねえだろ、どんなガキだったんだよ、俺」

苦笑。その後、ふと真顔に戻って、

「でも、いっそそのほうがよかったけどな、俺には」

「ど、どういう意味だよ」

「さあね」

「……どこで知りあったんだ？」

「学校に行く途中にある花屋」

「へ？」

「そこで働いてたんだよ、鮎が」

「そ、そうなんだ」

そういえば、母から昔の話なんか聞いたことがない。

結が訊かなかったから、話さなかっただけなのか。それともあえて話そうとしなかったのか。

右の脇腹がぴりっと痛んだ。

「お前ほんとに、鮎のことなんも知らねえんだな」

追い打ちをかける、円堂の声。

「だって、思春期だもん」

しかたなく、結は思いついたその語で逃げる。

「それだってもさ、普通知りたいんじゃねえの？　小学生の頃とかさ」

「そういうあんたは、お母さんの過去を根掘り葉掘りしてたわけ？　小学生の時」

「俺んとこは、根掘ろうにも母親じたいがいなかったからな、すでに」

「……」

リアクションに窮《きゅう》した結を横目に、にやりとする。

「四つの時に離婚してさ。父子家庭」

「そ、そう」

人死に話じゃなくてよかった……のか？

「俺は四つん時、父親が死んだけどね」

「知ってる」

言われて、ぎくりとした。ということは、その時既に母親と？

「変な想像すんなよ？」

すると、結の邪推をたしなめるように、運転席の男はぴしゃっと言った。

「し、してないよ、そんなの」

円堂はふうんというような顔をしている。

絶対「した」と思ってる……妙な羞恥《しゅうち》にかられて、結は俯いた。

「――母親がいなかったからかな」

円堂は前を見ながら言う。

「……鮎さんを好きになった理由？」

「最初は憧《あこが》れだけだったけどな。優しそうで寂しそうな花屋のお姉さん。すぐに大金持ちと結婚して、いなくなっちゃったけど」

「……訊いていい？」

おそるおそる、結は口を挟んだ。

「ああ、鮎とそういう仲になったきっかけ？」

「そんな直球で来られても困るけどさ」

「じゃあ、どう言うんだよ？　憧れが恋に変わった瞬間、とでも？　高嶺《たかね》の花を俺が手折《たお》ったのはいつ？　とかそういう表現」

「や、そういうのもヤダけどさあ」

「大丈夫、かぶってねえから」

円堂は、何を思ったかそう言った。

「かぶるって」

「お前の親父と俺と、平行してつきあってたわけじゃない、ってこと。これで安心？」

「……」

そう言われればそうかもしれない。

けれど、俺が今最も危ぶんだのはそういうことだったのだろうか？　胸にさっと過った、昏《くら》い影。

「高校の時に、バイク便のバイトしてな。十六になってすぐ免許とったから。そん中に、高梨儀助様あての便があったんだよ。あの莫迦でかい屋敷の呼び鈴押したら、鮎が出てきたんだよ。お前を抱いてな」

「そ、そう」

「すぐに判った。どこかの大金持ちと結婚した噂は聞いてたけど、こんな近くにいるとは思ってなかった。そうしたら、むこうも俺のこと覚えててな。なんでって？　キレイなお姉さんに接客されたくて、小遣いを貰《もら》っちゃ花、買いに行ってたから。ガーベラ、チューリップ、フリージア。一本ずつしか買わないガキに、あの人はそれでもにこにこして対してくれて、『お母さんにあげるの？　いいわねえ』って、たまにおまけしてくれることもあった。お姉さんにはお母さんもお父さんもいないこともその頃知った……俺を見て、すぐにあん時の小学生だって判ったみたいだったな。まあ！　とか言って、お前落っことしそうになって。憶えてないか？」

「て言われても、俺、四歳前後の記憶ないから」

円堂はちらりこちらを見、すぐ向き直った。

「そうか」

横顔に、見馴《みな》れない表情が浮かぶ。苦痛と後悔。そんなふうに、結には感じる。

でも、なんでこんな顔をするんだろう。

フロントガラスに吹きつける雨を、ワイパーが流してゆく。規則正しいそのリズム。

「そんですぐ、親父が死んだわけか」

「そう。好都合なことにね」

「……」

「悪い。冗談が過ぎた」

俺はどんな顔になっていたのだろう？　円堂はすぐに謝った。

少なくとも、この傲岸《ごうがん》そうな男に、しまったと思わせるような表情であったには違いない。

「それですぐ、その――」

「すぐってわけじゃない。初めてセックスしたのは親父さんの一周忌が過ぎてから」

「そ、そう」

「安心した？」

この男は、俺を安心させるためにこんな話をしているんだろうか。結は思う。

でも、だとしたら効果は全然ない。

だって、「鮎の男」って名乗られた時点でもう、いろんなことが頭をぐるぐる駆け巡っていて、そんな、いつから関係を持ったかなんていうのは、瑣末《さまつ》な件にすぎない。

だけど、そもそも話をふったのは俺でもある。

二人はいつ頃知りあったのか、どんな話をしてどんなふうに愛を育んで……でも、本当に知りたいことはそうじゃない。

父親の死より前に、この男と母親は知りあっていた。

父親は、酔ったはずみで階段から転落した……。

ダメだ俺。結は周章《あわ》てて内心かぶりを振る。

そんなことを、考えちゃダメなんだ。

なんでだかこいつと知りあって――というか連れ回されていると、いろんな「普段は考えようとしてはいけないこと」が次々浮上するみたいだ……。

「今日はどこに行くの」

せり上がってくるいろいろを、押し戻しながら結は訊ねた。

「さあなあ。昨日海だったから、今日は山にするか」

「厭だよっ。このクソ雨ん中、山登りだなんて」

「冗談だろ。俺だってヤだよ。手のかかる子ども背負って、ハイキングなんてさ」

「だ、誰が子どもなんだよ！」

円堂はにやり笑って、親指をこちらに突き出してみせた。

ふといたずら心が湧《わ》いて、結はその指先をかぷりと噛《か》んだ。

途端、

「うわっ」

悲鳴と共に急ブレーキの音。

結の身体もがくんと揺れる。

「なにすんだよっ」

それより恐ろしい、円堂の顔。

「ご、ごめん。冗談だった」

なんで俺、この男の前だとこんな弱キャラになんの？

「べつにいいけどよ」

声の調子が戻り、円堂はふいと手を伸ばして結の髪をくしゃくしゃっと掻き回す。

「事故につながるような冗談は、以降厳禁だぞ？」

「うん……」

しょぼんとした耳に、円堂の笑い声が響く。

「そうへこむなって。気にしてない」

「うん」

「だから。生意気キャラでいいんだって」

「うん」

「あのなあ……他のことも言えよ」

「腹、減った」

今度は爆笑されてしまった。

5

結局、国道沿いのファミリーレストランで遅い昼食をとり、その晩はビジネスホテルに泊まることになる。

その駅名に、結《ゆい》はぎょっとした。こんなところまで来ていたのか、俺ら。

絶対一人では帰れない……そもそも金、ないし。

金といえば、円堂《えんどう》はなにをやっている男なのだろう。

サラリーマンでないことは、判《わか》る。

会社員なら、こんな平日にドライブ三昧《ざんまい》なんて無理だから。それに、風体からしても考えにくい。

無職の浮浪者？　んなわけないか。車持ってて、ホテル代も飯代も、カードで払う。ちらっと見たが、ゴールドだった。

つまり、相当な金持ち？

にしては、ラフすぎる恰好《かっこう》。無造作すぎる態度。

まあ、金持ちならアットリアーニのスーツでも着て澄ましとけ、と言いたいわけじゃないけれど。

家に戻ったら、この宿泊代や食費を、こいつに払わなければならないんだろうか。

いや、払えないってわけじゃない。もちろん。

それより、この男が何者なのかが、いまいち見えて来ないことのほうが気にかかる。

かといって、問うても答えは同じ、「鮎《あゆ》のオトコ」。

身体《からだ》の特徴まで知ってるんだから、それは嘘ではないのだろう。

けれど……。

「先、入れよ」という言葉に素直に従ってシャワーを使いながら、結は考えた。

高梨儀助《たかなしぎすけ》の息子。自分とはなんのつながりもない。小学生時代からの憧れの人を、金の力でかっさらって行った、憎い男。

顔は似ていなくても、その、いわば恋敵の息子に対し、円堂が抱くであろう感情は、決して好意ではない、と思う。

それとも、と鏡を覗《のぞ》き込んだ。この顔が、母親そっくりだから、憎しみはないんだろうか。

あるのは、高梨鮎そっくりのこの顔だけ。

そして男は、突然に入ってきた彼女の訃報《ふほう》に反応して、その息子を連れ去る……なんのために？

一瞬過《よぎ》った映像。

結は周章《あわ》ててそれを消去した。

素っ裸で、後ろから円堂に犯されている自分。口には猿ぐつわ、両手は縛られて、ベッドにくくりつけられている……。

そ、そんなアホな。

思い直したが、結は勃起《ぼっき》していた。

おいおい、じゃ、それも悪くない、なんて思ってるわけ?

自分で自分に突っ込んでみるが、なんの効果もない。

円堂の、相手の裏側まで見通すような、あの瞳。

あ……。

なにか答えのようなものが脳裏に浮かんでいた。見馴《みな》れぬ、あたらしい感情の萌芽《ほうが》が。

訊《き》きたいことはほとんど訊き出したのに、この道行きから脱落しようとしない自らの心の正体。

でも、それをじっくり眺めたり、観賞しようとしたりしてはいけない。

危険信号が、そこから発せられていたから。

その夜、夢を見た。

今までに見たこともない内容——母親の夢だった。

昏《くら》いモノクロの画面に、和装の母親がいる。口に手を当てて、なにか叫んでいる。

なにか、ではない。

「あなたーっ！」

と、母親は叫んだのだ。

そして、草履《ぞうり》を履《は》いたまま駆け出す。

そこは玄関だった。

ちょっとしたホールになっていて、どこかの気取ったホテルみたいに螺旋《らせん》階段が伸びている。

そこに、男が倒れていた……父親だ。

写真でしか見たことのない父親は、しかし父親なのだと判る。

たぶん、四歳以前の結には、それが判っていたのだろう。

パパ、病気？

暢気《のんき》に訊《たず》ねた結を無視して、母親は電話のあるキャビネットまで小走りに近づいた。

その後は、また父親の身体を抱いて、あなた、パパ、と必死に呼びかけている。

遠くでサイレンの音。

次第に近づいてくる。

もうその頃には、結にも判っている。

詳細までは知らないものの、父親になにか大変なことが起きたらしい、ということ。

救急車が来た。

夜なのだろう。

担架《たんか》に乗せられて運ばれてゆく、父親という名の肉の塊。

それに続いて乗り込みながら、母はやっと結の存在を思い出したらしかった。ママ、ママ、どこに行くの？

声に振り返る。

救急車の赤いライトに照らし出され、その顔は真っ赤に染まっていた。

真っ赤な中で、母親は泣いている。

と思ったら、その顔が急に燃え上がった。

燃えて、笑っているような、怒っているような、般若《はんにゃ》の面のような顔に、結には見えた。

般若はかっと目を剝《む》き、口を開く。

闇を呑み込んだようなその口の両端から、鋭い二本の牙がにゅっと生えた。

わあああああ。

結は叫んだ。助けて、助けて。わあああ。

次の瞬間、現実の暗闇に立ち返った。

はっとして結は目を開いた。

傍らに、覗き込む円堂の顔がある。

「どうした？　怖い夢でも見たか？」

円堂は、上半身裸である。寝る時は下着一枚だというのは、知っているが、今の結にはその生々しい肉体のリアル感はいたたまれないものだった。

そんなことより、あの、夢――。

「思い出したんだ」

結は半身を起こした。途中から円堂が手伝ってくれる。

「すごい汗だな」

濡れたTシャツの背中に触れられた時は、熱いどころじゃなかったが。

「なにを？」

そして円堂は問う。

結は、いったん呼吸をおいた。

「パパ……お父さんが死んだ時のこと」

「ほお？」

「俺たち、映画観に行ってたんだ。お母さんは珍しく着物着てて、それで帰りにデパートに寄っていろいろ買って、最後にパーラーでイチゴのパフェ食って……パパも一緒に来ればよかっ

たのにねって言ったら、お母さんは笑って、お父様はパフェよりお酒でしょって言って……帰って来たら親父が、親父が……」

階段の下に倒れていたのだ。

仰向けで、手摺《てす》りに後頭部をしたたか打ちつけたのが悪かった。

医者の説明によるとそうで、転落前に父親がウィスキーをかなりの量、呑んでいたことも確認されている。

それなのに。

「お父さんは、親父は酒好きで、昼間っから酔っ払ってて、勝手に階段から落ちたんだ。それを……」

結は顔を蔽《おお》った。

「……それを、ほんとはお母さんが突き落としたんじゃないかって……疑ってたんだ。記憶にないからって、でも違う。お母さんは俺と、お、俺とずっと一緒だったんだ。家政婦さんが休みの日で、俺たちものんびりするか、なんてお、親父、が……」

「判った」

背中に腕が回された。汗だらけの結を、円堂は気にしたふうもなく抱きとめて、励ましてくれる。

「判ったよ、ユイ。誰のせいでもないんだ。不幸な事故だった」

「俺、疑ってたんだ。お母さんのこと」

泣きじゃくりながら、結は円堂の胸に取りすがった。

「だから、鮎さんなんて呼んで、ちょっと他人行儀にしてみたり……お母さんは何も悪くなんかなかったのに……俺、疑って……ほんとは好きだった」

「ユイ、もういい」

「ほんとは、お母さんのこと好きだった、大好きだったんだよ。言えないうちに死ぬなんて、俺、どうしたら……どうしたらいい？」

「どうともする必要なんかねえよ」

円堂は結の背中をあやすようにぽんぽんと叩《たた》いた。

「ほんとは鮎のこと、ちゃんと好きでいたんだよな。亡くなって、ショック受けてたんだよな」

泣きながら、結は頷《うなず》いた。

「ならいい。もういいよ、いいんだよ」

「お母さん……」

円堂の膚《はだ》の温もりが、Tシャツの布越しに伝わってくる。

円堂の胸、肩、背中。息遣いと汗の匂《にお》い。

ああ……。

浴室で封じ込めたはずの感情に、そして、結はふたたび立ち合うことになる。

……俺、この人が好きになっちゃってんのかなあ……。

なんだか判らないけど、最初に会った時から、惹《ひ》かれるものを感じていて、それは自分自身でも扱いかねるもので、だから一緒に来たんじゃなかったか？　一緒にいる意味がなくなっても、帰る気になんなくて、くっついていた理由は。

結の髪に突っ込まれる指。

背中を叩く掌《てのひら》。

逞《たくま》しい胸もがっしりした肩も。

全部、気になっていたんじゃないのか。なにか理由が欲しくて、それでくっついて来ただけなんだって。

背反したふたつの感情をそれと認めるには、円堂は謎すぎ、そして結は子どもすぎた。

でも、言った言葉は嘘じゃないし、もし今母親が生きていたら、なんべんでも謝る。何回でも何百回でも、何千回でも。

だけど、もう叶《かな》わないんだ。

後悔、それと同等なくらいの思慕の念。

それは母親と、今抱きしめられている男の両方に向かうもので、どうしていいのか判らない。

「ほんとはお母さんのこと、好きだったんだ……」

しゃくり上げながら、それでも思った。

もう一つの思慕。もう目を逸《そ》らすことができない。今俺がすがって泣いている胸の持ち主は、母の男じゃなくて、俺の好きな人なんだって。

お母さんにすまない。

認めるとまず、そう思った。

でも、俺もこの人を好きになってしまったんだ。ごめん鮎さん。ごめんね、お母さん。

考えてみると、親子で同じ男に惹かれちゃったということだ。

まぬけだよなあ、俺たち。

雨が上がった後は、からっと陽気に快晴の日が続く。

車で適当に走り、夜になったらそこら辺の宿に入る。

室内にトイレのついていないような小汚い旅館もあったし、豪華な調度類に飾られた、贅沢《ぜいたく》なホテルもあった。

その間、結は完全に被扶養者となる。

シャツにジーンズの身なりで、平気そうな顔でチェックアウトをしている円堂を横目に、結はフロントロビーでうろうろ。いや、連れだと思われたくない、ってんでは決してないんだけど。

そしてまたしばらく走り、その間、話すことは結のことばかり。趣味、好きな女の子のタイプ。ほとんど行っていない学校のこと。

結が不登校だなどと知らせると、円堂はありきたりな大人の分別なんてやつで説教でうんざりさせてくるかと思いきや、

「行かないんならさあ、やめたら？」

どきっとするようなことを言う。窺《うかが》う横顔は、シニカルな笑みに歪《ゆが》んでいる。

「ん？」

煙草《たばこ》を咥《くわ》えたまま、こちらを見た。

「いや……はっきり言うもんだなあって――危ないよ、ちゃんと前見ろよ」

「見てるよ、ちゃんと……そりゃはっきり言うだろうよ。俺はスパルタだからな。そんな奴にはガンガン行くぜ」

「ふーん。ほんと鮎さんがあんたと再婚しなくってよかったよ。義理の父とはいえ、毎日ぶん殴《なぐ》られんのなんて……」

言いかけて、結ははっと口を噤《つぐ》んだ。

円堂の表情に、顕《あき》らかな嫌悪を見て。

「あ、俺、その」

「俺が父ちゃんにならなくて、そりゃよかったな！」

言うなり円堂はアクセルを踏み込む。車窓の風景が速くなる。びゅんびゅん。飛ぶように流れる。結は悲鳴を上げて「やめろよ！」と叫んだが、円堂はそのまま国道のガードレールに斜めに突っ込んだ――ということはなく、突っ込む手前でまた急ブレーキを踏んだ。

結の身体はふたたび大きくバウンドし、いったんシートで跳ねた後、ダッシュボードに額《ひたい》をしたたか打ちつけた。

「なにすんだよ！」

「お前が厭《いや》がるようなこと」

「なんで」

「俺がろくでなしだから」

「そ、そんな……」

顕らかにさっきの報復だ。

それが判って、結の心は沈む。

そんなんじゃないのに――軽はずみな言葉を口にしたばっかりに。

母親には、鮎さんには相応《ふさわ》しくない、と断じられたことで円堂の心のどこかが傷ついたのだろう。

けれど、結が言いたいのは厭味でも中傷でもなかった。

鮎さんと結婚して、親父になってたら困る。義理とはいえ父親に思慕を抱く息子だなんて。

だから、そうならなくてよかった。

だが、それもやっぱり全部ではなくて、ほんとうは……ほんとうは、優しくされたかった。

学校に行かない理由を訊いて、優しく労《いたわ》って欲しかったのだ。

しかし理由ったって「なんかつまんない」だし、そんなのに同情する大人は、結からしたって莫迦《ばか》だ。

けど、共感はしてくれるんじゃあないかと、「学校なんか行かなくたって、ノープロブレム！」、そんな虫のいい希《ねが》いが心のどこかに住んでいたのだ。

人の心のありようなんて、こっちから動かせるものじゃないんだ。

結は下を向いた。買ってもらったビニール製のサンダル、汚れた足をぼうっと見つめた。

不意に頭を引き寄せられ、びくっとする。

「……悪かった」

意外にも優しい円堂の声。

「俺が全面的になにもかも悪い。だから、泣くなよ」

その言葉で、涙が目縁《まぶち》まで盛り上がってきていることに気づいた。

いくらなんでも。結は思う。これは恥ずかしい。

「――泣いてないよ」

結は周章てて言い、判らないように涙を押し戻した。ついでに、円堂の腕も外す。

「泣いてんじゃん」

円堂は面白がるみたいに言う。判らないように洟《はな》をすすったつもりだったが、失敗だったみたいだ。

「さて。どこに行こうかね」

窓の外には青空が広がっている。すでにして夏の空。

「海」

「まぁた海？」

「だって、こないだんとこよりキレイだよ？」

エメラルドブルーの海。人影も少ないのは、平日だからか。

「まー待てよ」

待ちきれなくて飛び出した結を、円堂の声が追う。

「海だ、海だ、ほんものの海だあー」

「……まあったく、なんで子どもってのは海見るとやたら昂奮《こうふん》すんのかねえ？」

土産物《みやげもの》兼よろず屋で、円堂は結に麦わら帽子を買ってくれた。自分はタオルを頭に巻いている。ほんとおっさんだよ。あとはラムネと、色とりどりの風船を一袋。

「風船？」

「膨《ふく》らまして遊ぶんだよ。愉快《ゆかい》だろ」

って、あんた幾つなんだよ。

首を傾《かし》げる結にいっそう疑問を抱かせたまま、円堂は石段を降りてゆく。

さくさくする砂は、まだ熱いというほどではなかった。結はすぐにサンダルを脱ぎ捨てた。

「こらー、車、汚すなよ？」

「乗る時洗うもん。それに、自分だって相当じゃんか」

円堂は、ビーチサンダルを左手にぶら下げている。

流木に凭《もた》れ、並んでラムネを飲んだ。

結はあまり、飲んだことがない。フタはいつでも誰か……母親か友だちが開けてくれたんだった。

もじもじしている結に対し、円堂はさっさと瓶《びん》を開封する。

「ほら」

しゅわっと白い泡を噴《ふ》き出した瓶を手渡され、結はえ、と問い返す。

「自分でできねえんだろ？」

円堂は、言ってにやり。

「そ、そんなことはっ」

「いいから。飲みな」

円堂は結から取り上げた瓶も、素早く開けてしまう。なんだ、匠《たくみ》の奥義《おうぎ》ってのを知りたかったのに。

けど、ラムネの開け方を知っているからって、この先の人生でなにか役立つことがあるんだろうか。

などと、屁理屈《へりくつ》ばっかりこねて、なんでも損得に分けて考えるようなのは、現代社会の歪んだなんたらかんたら。子どもの教育にも反映されてどうのこうの。

そんないろいろは要《い》らないのだった。

今はそれより、知らなければならないことがあるんだ。

ラムネは、夏、座敷の縁側に寝そべって漫画を読みながら舐《な》めた、青いあめ玉の味がした。

家の中で、いちばん涼しい場所だったのだ、そこが。

母親は「身体に悪い」からといって、あまりエアコンをつけてくれない。

たしかに、稚《おさな》い頃から結は病弱だった。

父親の年齢が高かったかららしい。お手伝いさんや家に出入りする「親戚」たちから、その情報はもたらされた。

で、ラムネやサイダー、お腹を冷やすような飲み物は、めったに与えてもらえない。

飲んでもいいのは、母が自ら絞《しぼ》ったオレンジ、バナナ、リンゴのジュース……。

からん、と音がして結は我に返った。

円堂が、空になったラムネの瓶を振っている。からん、からん。

「飲むのも遅いな」と言われるのが厭なので、結は急いで瓶に口をつけた。で、むせた。げほ、げほ。

「ばっかだなあ」

言いながらも、円堂は結の背中をさすってくれる。あの、巨《おお》きな掌が背中を上下するのを感じ、結は別の意味で顔が熱くなるのをおぼえる。

「飲んだか。よし、じゃ、遊ぶぞ」

なんの意味でか円堂は言うなり、さっと立ち上がる。

遊ぶ、って。

思ったものの、結は円堂に続いて立った。

波打ち際まで歩いてゆく。少し遅れて追いついた結は、円堂がそこでしていることを見る。

砂浜に風船の袋。

「おい」

呼びかけると、振り返って笑顔になった。

「お前も作れ」

風船の入った袋を、蹴《け》ってよこす。

腰をかがめてせっせと、円堂は風船に海水を詰めているのだった。足下に、水の入った黄色い風船が、丸く膨《ふく》れている。

「？　どうすんだ、こんなもん」

屈《かが》んでいた円堂が振り返った。

と、思うまもなくなにかが結の顔にぶつかる。ぶつかって、ばしゃっと液体が飛び散って、新品のオレンジのTシャツに濃いしみを作る。

「なにすんだよっ」

反射的に怒鳴り、ぶつけられたものをしげしげと眺める。

赤い風船だった。

してみると、液体の正体は海水ということか。

「なんだよう」

「だから、そういうこと。もういっちょいくか？」

「待てよっ。卑怯《ひきょう》だぞ、こっちは丸腰だってのに」

「だったら、うだうだ言ってないで作れ」

言われなくたって作るよ。

袋から風船を掴《つか》み出し、結も負けじと海水を入れようとした。あまりうまくいかない。

ああ、そうかと思い直し、ラムネの瓶を取りに走った。円堂からやや離れた場所に移動し、爆弾制作にとりかかる。

瓶に海水を詰め、風船の中に注入。たちまちのうちに足元には風船爆弾がいくつも転がる。

赤、青、ピンク。黄色に緑。縁日で売っている、ヨーヨー釣りのヨーヨーみたいな形。

「できたな？　それっ」

声とともに、こんどは頭に風船が命中する。べしゃ。

ううう、くそお。水滴の伝う前髪のあいだから睨《にら》むと、円堂は耳を引っ張り、ひょうきんなポーズを作ってみせた。

やられっ放しじゃ悔しい。結も赤い爆弾を円堂めがけて投げた。ハズレ。見当はずれの方向に飛んでいった風船は、砂浜にはじけて潰れた。

円堂は腹を抱えて笑っている。もうひとつ、投げてくる動作を見せたので、結は周章てて流木の陰に飛び込んだ。そこへ、青い風船が飛んでくる。セーフ。

「こら。隠れるなんて男らしくねえぞ」

笑った声がルール違反を追及してくる。

「だって、俺だけ二個もぶつけられて、損じゃんか」

「それはドンくさい、っつうの」

またひとつ飛んできた。ハズレ。

「やーい」

喜んでいたら、シャツと同じ色の風船を左胸に当てられてしまった。ちぇーっ。

それからは、ルールもくそもない。結は左腕いっぱいに風船を抱え、めちゃくちゃに円堂の

ほうに投げる。いくつかは当たり、いくつかは外れる。

波音と笑い声。砂を踏むざくざくいう音。

太陽の下、ふたつの影が縦横無尽に駆け回る。

結はせいいっぱい戦った。走り、悪態をつき、転んで砂まみれになりながらなお、風船を円堂めがけて投げた。

善戦したとは思う。いい戦いだった……しかし、手元に風船がひとつも残らなくなった時、結のTシャツはスコールにでも遭《あ》ったかのように変色して、砂といっしょに身体に貼《は》りついていた。

対して円堂は、シャツの裾《すそ》と首周りを濡らしただけの、まあ被害は最小限といったところ。

「不公平だ！」

むくれる結に大笑いして、

「なに言ってんだ。勝負に公平も不公平もあるもんか。そこには、常に勝者と敗者があるだけなのさ」

少し飛沫《しぶき》のかかったTシャツの胸を張った。

「それにしても、ひどい恰好《かっこう》だな。おい、海に入って、少し流せよ」

「って、服着てんですけど俺」

「アホか。服のまま海に入る奴があるか」

「えー……」

「えー、じゃねえ。誰も見てないだろ」

「あそこになんか、人いるよ」

結は遠方に見える人影を指した。カップルらしい、若い男女。

「見てねえ。男だろ」

そう言われれば。

「海入って待ってろ。タオルとってくるから」

円堂が車のほうに歩き出したので、結は仕方なくシャツを脱いだ。身体に貼りついてて気持ち悪い。

短パンを思い切って下着ごと脱ぎ捨て、海にばしゃばしゃ入ってゆく。海水浴にはまだ少し早いシーズン。しかし冷んやりした海水は心地よく結の汗を洗い流した。

少し深いところまで行って平泳ぎで泳いでみる。学校のプールとは違い、カルキ臭もしないし足が着くところの砂は柔らかく、足の裏をくすぐる。うん、快適。

しばらくばしゃばしゃやっていたら、円堂が戻ってきた。ブルーの、巨きめのタオル。

「遅いよー」

言いながら結は、波打ち際に引き返した。

タオルを手にした円堂は、眩《まぶ》しげに目を細める。

「莫迦。こんなところでご開帳すんな」

って、自分が海に入れっつったくせに！　結は足元の水をすくって、円堂にかけた。

円堂はするりと躱《かわ》し、タオルを放ってよこす。

開帳するなと言われたので、結は肩からタオルをまとい、腰のあたりで前をかき合わせるようにして下肢を隠した。

「ひでえなしかし。またどっかでコインランドリー探さんと」

「それより、俺のパンツは？」

「車に戻ってからだ。トランク開けてある」

道行きの途中で、着替えなどは買ってもらっている。

「あんたは？　着替えないのか」

「それも車に戻ってから」

で、結はタオル一丁にサンダルという、ある意味滑稽《こっけい》な姿で砂浜を歩き、石段を上がって道路へ。シートを汚すなと言われたので、車の陰で新しい下着をつけ、あたらしいTシャツと短パンを着て、装備完了。なんだよ、自分で裸んなれなんて言ったくせに。

しかし、円堂の眩しげに細めた目を思い出すと、そのほうがいいかと考え直す。あんな視線のもとで、裸を晒《さら》したくない。必要以上に意識して……さっきだって、裸になるのを躊躇《ためら》ったぐらいなんだから。

でも、あのひとはなんであんな目をしたのかな。それはやっぱり、「鮎」を思い出したから？　んなこと言ったって、身体まで似てるってことはあり得ないだろ。

想像して、かあっと熱くなる。やばいやばい。

でも、だったら、なぜ。

考えると、それはもうややこしいことになりそうだったので、結はそこで思念を打ち切った。

「着替えた」

前に回ったが、なぜか助手席のドアが開かない。

「なんだよう」

代わりにロックを解除された後部座席におさまり、結は口を尖《とが》らせて苦情を訴えた。

「少し昼寝でもしろよ、疲れただろ」

すると、そんな返事である。円堂も新しいTシャツに着替えていた。

「そっちだって同じじゃん」

「俺は勝者だからいいの」

「なんだよ、それ。どういう理屈？」

「圧勝だったから。そこまで疲れてはいないわけ」

威張《いば》った声。なんだよう。今度は心の中でだけ呟《つぶや》いて、結はシートに凭れた。じゃ、意地でも眠るもんか。

……。

しかし、意に反し、しばらくすると結はぐっすり眠り込んでしまったのだった。

6

着信メロディが、夢の中で鳴っている。機械音で処理された、「ワンダーフォーゲル」のサビ。

三回繰り返した後、結《ゆい》は手を伸ばして枕元の携帯をとった。

その日の宿は、海岸べりにあるプチホテル。西洋菓子みたいな外観の、海辺のホテルだった。隣のベッドで、円堂《えんどう》は寝息をたてている。起こさないようにそっとベッドを降り、バスルームに入って便器に腰掛けた。だいたい何時だよ。時刻を見ると、夜十一時すぎ。そんなに非常識タイムではないってことか。

「ふぁい」

しょうがないので、ボタンを押す。

『結さんですか、大沢《おおさわ》です』

久々に聞く、電子計算機の声だった。

「あー……なに？」

大沢には、結が半分寝ぼけているらしいなどは関係ないようで、てきぱきした口調でまず、現在の居場所を質《ただ》す。で、結が答えると、

『それはまた、驚くほど遠くへ行かれましたね』

と、全然驚いていない声で言う。

「なんか？」

『お問い合わせのあった、円堂氏の件です』

どき。結は俄《にわ》かに緊張して、次の言葉を待つ。

『まず、円堂基《もとき》という方は実在します。ご存知かどうか判《わか》りませんが、鮎基一郎《あゆきいちろう》というペンネームで主に推理小説を執筆されております』

「鮎、基一郎……」

結は口のなかで繰り返した。その名なら知っている。読んだことはないが、けっこう有名な人気作家だ。

『ですので、身元ははっきりしておられます。しかしながら、高梨鮎《たかなしあゆ》様とは男女関係にあった痕跡《こんせき》は認められません』

「……え？」

鮎、というペンネームだけを意識していた結は、現状に立ち返った。

「だって、鮎さんの……お母さんの恋人だったたって」

『ですから、その部分は詐称《さしょう》でしょう。たしかに知り合いではあったらしいです。いっとき、近所にお住まいだったことはたしかですが、それ以上の関係ではなかったと』

大沢はそこで、ひと息おいて但《ただ》し、と付け加えた。

『一時期、円堂氏が粘様……お母様に対し勁《つよ》く交際を迫ったということはあるようです』

「そ、それって……」

結はつばを飲み込んだ。

「ストーカーってこと？」

『いえ、そこまで常軌を逸したものではなかったようですが。ただその、一方的な恋慕といいますか。しかし、お母様に思いを寄せられていた方は、円堂氏一人ではございませんし、その意味ではお母様は、高梨儀助《ぎすけ》氏に対し義理を尽くしたと言えます。旧《ふる》い言い方をするならば、操《みさお》を立てた、ということになりますね』

「お母さんが……」

結は呟《つぶや》いた。一方的な思慕、片思い、父に対して操を立てた……結の中の母親像は出発した地点から百八十度変わりつつある。それが事実としたら、お母さんは一度だって父を裏切ったことはなかった。その生前も、死後も。

ただ一人だけを思って。そういうことだ。

そして、円堂もまた、たった一人の女だけを愛し、叶《かな》わぬ思いを抱いていたことになる。

鮎とできていた、鮎の男、鮎と寝た……全部嘘だってことに。

それでもその人を追い続け、すがりつき。

拒まれるからこそ、思いは募り、その人への恋心以外にはなにも残らなくなっていったというのか。

それが高じて、その、残された息子を家から連れ出すほどに？

『そんなわけで、結さん。そろそろ戻られてはいかがでしょう。同行者の正体も判ったことですし』

「正体、って……」

混乱しつつも、ようやく結は声を絞り出す。

『一緒にいては危険だと思われませんか？　こういう事情で』

「──！」

羞恥《しゅうち》と憤怒《ふんぬ》にいっぺんに見舞われて、結はまたも言葉をなくす。

「そっ、そんなの……なんだよ危険っての」

『それは私からは言いかねますが』

「……べつに暴力も受けてないし、なんも変なこともされてない。想像だけでいろいろ言うなっ」

『さようでございました。申し訳ありません、よけいなことを申しまして、ただ私としましては、結さんの身を案じておりますことを、判っていただけましたらと』

あの電子計算機から、思いもかけない言葉を聞いて、結はうっと言葉に詰まる。

「――ご、ごめん」

『いえ。学校のこともございますので、一日も早く戻られますよう』

そして大沢は、一学期の残りを全部「忌引き」ですませるにあたって、学校に新しいグランドピアノを寄贈したことなどを報告し、電話の彼方《かなた》へ去った。

慇懃《いんぎん》な口調だったとはいえ、大沢は大沢なりの心配をしていることは判った。

それは、悪い気のするものではないけれど。

そもそも、ずっと切っていた携帯の電源を入れたのは――。

そこで結はふっと顔を上げ、そしてぎくりとした。

半開きのドアに凭《もた》れるように、円堂が立っている。

いつからそこにいたのか――ドアが開いたことにすら気づかなかった……そして円堂は、目を眇《すが》めてこちらを見下ろしている。いつものように下着だけの姿。広い胸や逞《たくま》しい肩の肉などを正視できなくて、結は目を逸《そ》らした。

それが、かえっていけなかったみたいだ。

「夜中にこそこそ、探偵ごっこ？」

皮肉な口調に、結は泣きそうだ。歪《ゆが》んだ口許《くちもと》。それでもどうにか弁明を試みる。

「や、弁護士には一応、定期的に連絡とるよう言われてるから」

「ふうん。俺は見たことないけど、ひそかに連絡してたんだ？」

「う、うん」

嘘である。

円堂が、鮎……結の母親とのなれそめや「関係」を詳しく語ったあの後、結はこっそり大沢に電話をかけたのだ。円堂基という八歳下の男と、母がほんとうにそういう関わり方をしていたのかどうか。そもそも、円堂とは誰なのか。結だって、なにも頭から信じてついてきたわけじゃなかった——途中から違ってしまったけど。円堂の存在、その意味が。

だから、どうでもよくなっていたのだったが、大沢の電話によりまた、局面は変わり始めている。

「で？」

泥のような沈黙の後、円堂が短く言う。

「俺の正体は？　判ったのか」

「……」

「判ったみたいだな、その顔じゃ」

結は唇を嚙《か》んだ。それから、思い切って顔を上げた。

「なんであんな嘘、ついたんだよ？　あんた、ほんとは誰？」

「ほんとはって、いま聞いたばっかじゃないの？」

「お母さんに」

「恋？　ああ、してたとも」

片思いじゃん、言おうとした結を遮《さえぎ》るように、もっとも、と付け加えた。

「むこうのほうじゃ、俺を受け入れてくれなかったけどな」

「……恋人なんて」

「言ってみたかったんだよ、誰かに。鮎の息子ならいちばん効果的だ」

「そ、そんなのって」

「マジだったんだよ」

円堂はまたも結を無視。裸の腕を組み替える。

「鮎に惚《ほ》れてた。小学生のガキでも、ガキなりにマジにプロポーズしたさ。鮎に包んでもらった、カサブランカ一本差し出して」

「……」

結はその光景を想像してみようとしたが、うまく像を結ばない。小学生の円堂と、二十歳《はたち》前の母。

「そうして、僕のお嫁さんになって下さい、そう言ったら、ころころ笑って、まあありがとう、でもね、私もうじき結婚するの……ショックだったなあ、あの時は」

「だからってなにも、十年以上もしつこく追っかけ回すこと——」

言いながら、結は次第に変な気分になってくる。ひとのものに横恋慕する円堂、それはとんでもない。けれど、それを責める以上に、心の中でふくらんでゆく感情、それは嫉妬《しっと》だ。誰ならぬ母への。そこまで、円堂にそこまで思い詰めさせたあのひとが、羨《うらや》ましい。けれど憎い。

その灰色のもやもやが身体《からだ》の中に広がって……結は自分を消去してしまいたくなる。男のことで母親に嫉妬するなんて、俺、最低。息子として。

しかし、ただの、恋する男子としては……いや、そんなことではない。今考えることはそうじゃなくって。

「悪かったな、俺は執念深いんだよ。でなきゃ、小説なんか書いてられっか」

「そうだ、あんたって鮎基一郎って作家なんだって？」

思い出して、結はとんちんかんな問いを発し、

「それがどうした。実は前からファンでした、サイン下さいだってか？」

氷のような眼差《まなざ》しを投げかけられることになる。

「いや……」

「そうだよ、鮎って名字は鮎からとったんだよ。執念深いからな、なにしろ」

「お母さんは、そのこと……？」

「知ってた。困った人ねって言った。もう会わないと言われた」

「そ、それは」

「一度だけ寝た。それでもう、あんたの幸福の邪魔はしないって約束で。俺が大学の時。新人賞とって、作家になって、なんとか食べられそうだって判って、二回目のプロポーズをした時に」

結は頭をぶん殴《なぐ》られたようなショックを受けた。円堂と、母が？

そんなの、あり得ない。考えたくない。

「でも、弁護士は」

考えたくはないのに、言葉だけが出る。

「あんたとお母さんの間にはそういう関係はないって」

「一度だけだって言ってるだろ。それに最後まではいかなかった。それからは、一度も会ってない。鮎に言われた通り」

それで母の身体の特徴を知っているということなのか。

納得はしたが、もやもやは消えない。やっぱり、そこまで母に惚れ込んでいた円堂と、惚れ込まれていた母親、両方に嫉妬と羨望《せんぼう》をおぼえた。

バスルームに、妙な空気が立ちこめてくる。厭《いや》な感じってやつ。

「お前だ」

すいっとメスを入れるように、円堂が沈黙を破る。

「？」

「一度目はお前の親父、二度目はお前が、俺を鮎から阻《はば》んだ」

結はだまって、突きつけられる瞳のナイフの切っ先を見上げていた。

「結が、息子がいるからあなたとは一緒になれません、そう言ってふられたんだよ。キスもしたし、それ以上も……でも、いつも最後は『出会うのが遅すぎた』で躱《かわ》されてきたんだ、俺は」

それでは、母親は少しは、いやかなり、この男に惹かれてはいたということなのだろうか。

親子揃《そろ》って……その部分には変わりはないらしい。

「あんた……じゃ、なんで俺を連れ出したりしたんだよ？」

「憎かったから」

「っ」

「そいつさえいなければ、そう思ってきた鮎の息子。可愛《かわい》いはずなんて、ない。そいつさえいなければ、一緒になれたかもしれない鮎の息子。憎かった。憎くて憎くて、会ったこともないそいつを心から俺は呪って……でも、初めて見た鮎の息子は、鮎そっくりだった。俺は自分の感情を持てあました」

いつしか円堂の目には奇妙な熱が宿り、ぎらつく眼差しがこちらを捉えている。

その視線に磔《はりつけ》にされたように動けない結の手から、ふいと携帯を奪うと、円堂はそれをバスルームの床に叩《たた》きつけた。ガチッ。固いもの同士がぶつかり合う、不吉な音。

びくっとして結は叩きつけられた携帯を見た。と、たった今携帯を奪ったその腕が、首にかけられた。

「お前さえ……いなけりゃ！」

首を絞《し》められて、もちろん呼吸はできないのだが、肉体よりも精神のほうのダメージが大きい。

絞めつけてくる、その腕の先にある顔に、殺意は浮かんでいなかったから。

苦痛を与えている円堂のほうが、かえって苦しみを堪《たた》えているように見えた。

判った……遠くなっていく意識の下で、思う。それでこのひとは、優しかったり冷たかったり、揶揄《からか》ってきたかと思えば意地悪だったり……要するに俺、憎まれていたんだ。

……憎みながら、憎みきれなかったんだ。持てあました感情の行き先は……。

それどころじゃない。息ができない。ああ。

だが最後の最後で、ふっと拘束は解かれた。

結を離し、円堂は自らの両手を呆然と見つめている。

そして、崩れるように床にしゃがみ込む。

「……すまん」

振り絞るような声で言った。

「どうかしてるよ、俺」

咳《せ》き込む結の手を、ぎゅっと握りしめる。庇《かば》うように、労《いたわ》るように。

さっきの行為と矛盾《むじゅん》している……でもそんなの、円堂だって承知しているのだろう。

「大丈夫？」

やっと声が出せるようになって、まず最初に発したのがそんな科白《セリフ》。たぶん、この場面で俺が言うべきじゃない科白。

うなだれる円堂が、でっかくてしょぼくれた犬のように見えたから。

「ユイ」

「いいんだ、俺がこんな顔してるせいだろ」

円堂は目を見開き、なにか言いたげに口を開こうとしてやめて、立ち上がる。

「悪かった。もう寝ろ」

拾った携帯を結に渡しながら言った。

「……あんたは？」

「俺はシャワーでも浴びて、頭冷やす」

「変なこと考えんなよ」

アメニティの中にあるレザーを見やりながら結はおそるおそる言ったのだが、円堂はもう立ち直ったような、いつものにやり顔になって、

「考えるかよ。次の作品のプロットでも考えるさ」

「結局、人殺しの方法じゃんか」

ブラックな冗談で返せるくらいに落ち着いている自分が不思議だ。言ってから思う。

「俺の話には、ほとんど人殺しなんて起きないの。たまには読書もしようね、お子ちゃま」

「課題図書に選定されたら読んでやるよ」

結はベッドに戻った。

腰掛けてしばし耳を澄ます。すぐに勢いのいいシャワー音が聞こえてきて、なんとなく安堵《あんど》。毀《こわ》れた携帯を買ってもらったリュックの底に放り込んだ。

たった今起こったただならぬ事態に対し、不思議なほど平静でいる自分を、そうしてから思った。

殺されかけたっていうことなのか、あれは。に、しては恐怖心も湧《わ》かなかったし、のしかかる男の目にはむしろ哀切な色が浮かんでいた。

人を傷つけようとしている、その本人が最も傷ついている。

それとも、追い込んだのは俺のほうだったかもしれない……結は仄《ほの》かな灯りに、両手の掌《てのひら》を映してみた。

殺しかかったのは、俺。

俺が存在していることじたいが、円堂に苦痛を与え、あのような行動をとらせたのだとすれば。いやそれ以前、この奇妙な道行きに向かわせたのであれば。

悪いのは俺。

いや、この顔がか。掌で、今度は頬《ほお》を挟んでみた。

だって、そんなのは替えようがないし、この顔を選んで、俺は生まれてきたわけじゃないんだし。

なのに……。

円堂を責める、どんな言葉も浮かんではこないのだった。

——ごめんな。

思った後、なんで自分が謝るんだろうと疑問を抱きはしたが。

この旅には、出ないほうがよかったのだろうか。

二人、会わなければ……。

しかし、どのみちすんだことだ。俺は今あのひとと一緒にいるし、これからもずっと一緒にいたい。

それをいつまで続かせていいかなんてのは、思考の埒外《らちがい》だ。

俺が一緒にいたければ、いつまででも一緒にいていいんだ。

十六歳にとって、「永遠」なんてそんな程度の概念にすぎなかった。

7

だが、円堂《えんどう》にとって、ことはもう少し深刻なものだったらしい。

翌朝、ホテルのレストランでやや遅めの朝食をとりながら、

「——終わったほうがいいのかな、そろそろ」

独白のような呟《つぶや》きを聞きつけ、結《ゆい》は顔を上げた。

窓際のテーブルで、円堂は外を見ている。

雨。

「なにが」

ぶるんと胸が震えたが、結はわざと気づかないふりをして言う。

「この誘拐劇の一幕だよ。いい加減にしないと、お前のその、弁護士先生から捜索願いを出されちまう」

「そんなの……あんな電子計算機のことはいいよ。俺がいくらでも抑えられるし」

「電子計算機？」

円堂はこちらを見て、はじめて笑った。

「よくぞつけたもんだな、そんなあだ名」

「だってそんな感じだもん。狂いもなくパチパチパチパチって、味気ない答えを、人の感情とか無視して正確な答えってやつを出して、それだけ」

「でも、電話をくれただろ」

円堂の言葉に、昨夜《ゆうべ》の一場面が再生された。

「お前の健康と無事を確認するために」

「だから、それは自分の任務だから。だいたいそのためにあいつ、いるんだし」

案外とこちらを心配してくれているようだった大沢《おおさわ》の声や言葉をなるたけ思い出さないようにしながら、結はわざとつっけんどんに言った。

「でも、帰ってこいとは言われたろう？　学校のことやなんか」

「……あんた、そんなところまで聞いてたの？」

「はは。やっぱり言われてんじゃん」

しまった。円堂のトラップにかかってしまった。否定できず結はしーん。

「昨日の俺のざまを見ただろ。ああいうことが、定期的に起こると思ってみ」

「……そんなに頻繁《ひんぱん》に、暴力ふるいたくなるわけ」

殺したくなる、とはあえて言わない。

「どうだか自分で判《わか》んねえから、困ってんだろ」

「じゃ、いい。俺は困らないもの」

「ユイ」

「旅は続くよ。そうだろ？」

円堂は、仕方なさそうに笑った。


それにしても雨だ。海沿いの道を走りながら、外に出ようという気さえ起こらない。

サイドウィンドウに吹きつける雨。ガラスを叩《たた》いてゆく。

「梅雨《つゆ》が北上してんだな」

ハンドルを握る円堂が呟く。

その横顔を窺《うかが》いながら、結はそこに、旅を終わらせようというニュアンスが含まれているのかいないのか、意図を探ろうとする。

陰気な間。

「外で遊べねーよな。俺、花火とかやりたいのに」

結はわざと軽薄な調子で言った。

こちらに流れてくる、呆《あき》れたような視線。

「お前には参るよ」

雨なので、半日が移動で過ぎる。

さすがに疲れたのか、パーキングエリアに入って、円堂はしばらく休みたいという。眠っている円堂をそのままにして、結は一人で外に出た。

梅雨時の平日、車もあまりなく、ショップは空《す》いている。

金を貰《もら》ってくるのを忘れた。ちぇ。コーヒー一杯、飲めやしねえよ。

でもそこまで、喉が渇いてるわけではない。結はパンツのポケットに手を突っ込みながら、小雨の降る駐車場を眺める。若いカップルが、隣できゃっきゃとはしゃいでいる。なにがそんなに愉《たの》しいんだ。なにがそんなに、嬉しいんだ。

意味もなく悪意。横目でじろっと見やるが、あくまで二人は二人だけの世界。あーあ。

ショップで意味もなく土産物《みやげもの》を見て回った。地域限定と銘《めい》打《う》たれた、既製のスナック菓子の類《たぐい》に、遠くまできたことを今さらながらに思う。どこにでもあるネーム入りハンドタオル。莫《ば》迦《か》ばかしいほど悪趣味なキーホルダー。

ありきたりの土地で、ありきたりでない旅をしている。

そもそも、その目的はなんだったっけかな。

母親のオトコ、と名乗る男が現れて、思わせぶりが気になって、得体の知れない相手と判ってついてきた。

得体は知れたし、知りたかった母のことも判って、なにより母に対して抱いていた心のもやもやが晴れた。

なにもかもがすっきりして、でも、じゃあこれで、と別れられない自分がいる。

途中から、いや最初っから、旅をともにする理由は、そんなことじゃなかったのだ。

左胸のあたりが、きゅんと痛んだ。

終わらせたくない、この旅を。

でも円堂は、終わらせたがっている。

俺に対する憎悪や苛々《いらいら》を、全部ぶちまけたから、もうそれでいいんだろう。

でも、俺は？

終わるなんて、厭《いや》だ。

というより、この旅が終わってしまったら、二度と円堂には会えない気がする。

考えてみると、身元がはっきりしたというだけで、住所も連絡先もなにも知らないのだ。

いや大沢に訊けば連絡先ぐらいは判るし、出版社経由で手紙ぐらいは出せるだろうけど。

しかし、それに対しレスポンスがあるとは限らない。いや、むしろない気がする。

だって、円堂は旅の目的を果たしたわけだし、終わってしまったらもうこれきり。

そんなのは……。

小雨の駐車場を、犬がゆっくり、横切っている。

野良なのだろう。ところどころ汚れた、もとは白かったらしい身体。

侘《わ》びしい光景だ。ひと気もない雨のパーキングエリアで、野良犬が歩いているのを眺めている。

休憩《きゅうけい》を終えたらしいトラックの運転手風が、煙草《たばこ》をぽいと灰皿に投げ、駐車場のほうに向かってゆく。

ずっと見ていたら、やはり停まっていた大型トラックに乗り込んだ。トラックの発する、エンジン音。莫迦でかいなにかの生き物のような車体が、向きを変えてパーキングエリアから出てゆく。

唸《うな》りを上げて走り出すまでを見届けて、結も車に戻った。

シートを倒して腕組みをしたまま、円堂は目を閉じている。

助手席のドアを開け、結が乗り込んでもそのままだ。

起こしたら悪いので、結はそのまましばらく円堂を眺めていた。意外に長い睫毛《まつげ》。男を感じさせる逞《たくま》しい腕。

ふいと衝動にかられ、結はその胸にそっと頭を凭《もた》せかけてみた。

温かい胸。心音が聞こえる。規則正しいリズム。

と、円堂の身体がふるっと震えた。

びくっとして、結は頭を離した。

「な、なんだ？」

「ごめん、起こした？」

結は周章《あわ》てて、でも動揺を悟られないように平静を保つ。直前の行為などは、なかったこと。気づかせないこと。

「いや……いいけど」

円堂はふあっと大きなあくびをした。

気づかれてないみたいだ。結はほっとして、シートベルトを締める。

「雨、止まねえみたいだな」

エンジンをかけながら、円堂は呟く。

「どこに行く？　それこそ山かな」

結はわざとはしゃいだ調子で言ったが、円堂は答えなかった。


しかし、山に行くことになる。といってもハイキングではない。山道を走っただけだ。ひとつ山を越えたところで夜になったので、ホテルを探してチェック・インした。

「ふはー、疲れた」

割とよさげなホテルで、ベッドが広い。今まで泊まったビジネスホテルなんかよりはずっとよくて、結はベッドにぽんっと倒れ込んだ。それからTVのリモコンを早速動かして、地方特有のローカル番組にチャンネルを合わせた……はずが、東京で見るのと同じ番組をやっている。

「あれ、ここってどこ？」

あちこちチャンネルを見てみたが、東京と同じフォーメーションだった。

「……」

不安に見上げる結に、

「横浜」

ひどく現実的な答えが返ってくる。

「横浜、って……」

それでやたらとネオンが派手なのか。そういえば車の行き来もすごかった。夜だから気づかなかったけれど、大都市なのだ。

「そんなの、家に帰っちゃうじゃん」

不安にかられはしたが、結はそれでも無理にとぼけてみせる。

が、

「帰るんだよ」

円堂の言葉は、恐れていたまさにその通りだった。

「帰る、って」

「俺の正体も知れたことだし、意味ねえからな、もう」

「そんな、俺やだ」

「ユイ？」

「俺、いつまででもあんたと一緒にいていい……いや、いたいんだ」

円堂は目を見開いた。しかし、それほど驚いた様子ではない。

沈黙の間。

やがて、円堂が、

「そうなるのが、怖かった」

それを破った。

「怖い？」

「一緒にいたら、情が移るだろ。情が移っちまったら、やばいじゃんか」

「俺に情移される、そんな自信があったんだ？」

顔から火が出そうなのを堪《こら》えて、結は言った。気づかれていた？　あの時やあの時や、あの時にも。

いろんな場面がぐるぐるする。ソーダのアイス、風船爆弾ごっこ、笑ったり泣いたりした、さまざまなシーン。

この男に惹《ひ》かれてゆく自分を、円堂は冷静に観察し、離れる時期を読んでいた。そういうことなのか？

「莫迦」

だが、円堂はむっとしたように言う。

「お前のことじゃない。俺だ」

「……って……」

「鮎《あゆ》にそっくりなその顔のせいだと思ってた。はじめはな。お前の顔見る度に思い出す、鮎の笑顔、鮎の声。でも、そうじゃなかった」

円堂はまっすぐに、結を見た。

「いつのまにか、お前の存在が鮎を超えちまったんだよ。たった一週間いっしょにいたぐらいで、お前のことなんか何も知らないのに。愛しいと思った。お前の笑顔や、ふくれっ面、声。勁《つよ》がる態度……似てるのは顔だけで、鮎じゃないのに。こわいぐらい惹かれていって……鮎の身体を知ってるのに、お前の裸を見て欲情してる俺はなんだ？　混乱したよ」

あの海で、遊んだ後にタオルを持ってきた円堂の、眩《まぶ》しげな眼差《まなざ》しが蘇《よみがえ》った。

あれは……そういうことだったのか？

「あんたも、その――俺のこと」

「参ったな。惚《ほ》れちまったみたいだ」

身体じゅうの血液が、耳に集中する。心臓がどきどきいって、パンクしそうだ。さっきとは違う意味での羞恥《しゅうち》が、結を俯《うつむ》かせる。俺いま、どんな顔してる？

「だから、やばいだろ」

次いで降りてきた、理不尽な科白《セリフ》に顔を上げた。

円堂は、困ったような苦いような笑みを浮かべて見ている。

「なんで、やばいんだよ？」

「なんでって……」

「俺、かまわないよ？　俺は一緒にいたいもの。俺の裸で欲情するなら、したい風にしてくれてかまわないんだ」

結は言うなりTシャツを脱ぎ捨てた。呆気にとられたように見護《みまも》る円堂の前で、下も脱いで全裸になる。

「ユイ」

「俺としたいんだったら、していいよ。俺、経験ないけど……俺でいいなら、抱いてよ」

言いながら、円堂にむしゃぶりついてゆく。

当惑したように裸の結を胸で受け止めた後、ぎゅっと背中を抱いてきた。

結は夢中で円堂にしがみついた。こらこら、というように背中を叩いた後、身体を離して顔

を上げさせる。

両手で挟み込むように顔を包み、

「そんなこと不用意に言うと、えらいことになるんだぜ？」

「知ってるよ」

「……後悔したって、あとの祭りだぜ？」

「判ってる」

「ユイ……」

円堂は、仕方なさそうに笑った。

そして、そっと唇が降りてくる。重ね、優しく吸う。弾力があって、柔らかな唇。

円堂に身をあずけ、結はそのキスを受けた。男同士でも、なんの躊躇《ためら》いもなかった。伸び上がって円堂の首に手を回し、自分からもおずおず吸ってみる。

キスしながら、円堂は結の身体を撫《な》で回し、じかに触れられているから結はもじもじして、けれどあの巨《おお》きい掌《てのひら》で撫でられていると、へんな気分になってくる。特に尻《しり》を摑《つか》まれ、双丘を揉《も》まれた時には、あ、と声を上げてしまった。

勃起《ぼっき》してしまった。

そして、円堂も……腹に擦《こす》りつけるようにした股間《こかん》の反応で、それを知った。

嬉しい。

人の手って、唇って、こんなに優しいもんだったんだ……。

が、結を抱き上げてベッドに運び、自らも裸になって蔽《おお》い被さってくると、円堂は獣になった。

あの照れ笑いや優しいふれあいはなんだったんだ、というくらい、あちこちにキスをして、あちこちを噛《か》んで――結の身体じゅうに己の痕跡を残そうとするかのように。

「んっ。あっ、ああ」

乳首をそっと噛まれて、結はあられもない声を上げた。さっきまで、そこは吸われたり舌で転がされたりして、じゅうぶんすぎるほどの愛撫を受けている。

股間のものは勃《た》ち上がり、先端から先走りの液を零《こぼ》していた。

胸を愛撫しながら、円堂の手がそこに降りてくる。反り返ったものを荒々しく摑んだ。

「あっ、あ、そんなこと――」

「だって、して欲しいって言ってんじゃんか」

揶揄《からか》うような円堂の声。耳元で囁《ささや》かれ、羞恥と快感が同時に攻めてくる。耳に吹き込まれた息に、感じてしまったのだ。

「ほら、またデカくなった」

先端を指先で弾き、ゆっくり扱《しご》き出す。

「あ、あんっ、だ、だってそれ、あんたが……」

「家で一人でするのとは桁外《けたはず》れにイイ、って言ってんじゃんか」

「か、揶揄うなんて……」

「揶揄ってなんかないさ。可愛い、って言ってんの」

囁きながらなおも扱かれ、結の下腹部を熱い渦が巻きはじめた。

「あ、そ、そんなことしたら……出ちゃうよ」

「いいよ、出しな」

「やだ、そんなん」

「やれやれ。イク時は一緒だ派か」

「……自分だけそんなん見られるの、ヤなんだよっ」

すると円堂はくすっと笑って、「困ったお姫様だ」と言ったが、酸欠の金魚になっている結は、反論するどころじゃなかった。

「じゃ、俺のもしな」

手を添えて、導かれる。円堂の雄《オス》。固くて太い。

「もうじゅうぶん勃ってんじゃないかっ」

「普通だよ」

嘘だよ。

「……ユイに、してほしいんだ」

そう言われたら、するしかない。おそるおそるその、しなった円堂自身を結は扱いてみた。

「そうそう……うまいじゃん、お前」

「ちゃかすなよ」

「感動してんだよ。ユイが俺のを触ってる……嬉しい」

言いながら、円堂は結のものをなお扱く。円堂の先端も、ぬるぬるに濡れている。

横向きに抱き合ったまま、そうして互いのものを扱き立てた後、円堂の指がついと離れた。

「！　なにやってんだよ」

指が後ろをまさぐっている。

結の零したもので濡らした指が、後孔にするりと忍び込んできた。

「や、やだ」

「なに言ってんだ、ココを使わなくちゃ、俺たち繋《つな》がれねえだろ」

「でも……」

「なにをしてもいいんじゃなかったのか？」

「……」

「判った。やめるよ」

円堂は指を引き抜き、上体を起こす。

「ダメだよっ」

結は周章てて俯《うつぶ》せになり、尻を円堂に向けて突き出すようにした。

「したいって言ったの俺だから」

「そういう責任問題じゃあないと思うけど。でも、そんなポーズでお迎えされちゃ、もうやめらんないな」

「判ってるって」

「途中で赦《ゆる》してやんないぜ？」

「判ってる。それに、ひとつになんなきゃ俺が厭だもの」

「やれやれ」

円堂は、結の上体を起こして腿《もも》の上に伏すような形で乗っけた。

「とんだ男たらしに出会ったもんだ」

「なんだよう」

「そんな言葉、滅多に言うなよ？」

「なんで」

「可愛すぎて、食っちまいたくなる」

「……ほかの男と、こんなことしない……こ、これからだって」

他愛ないやりとりの間にも、円堂の指は後孔をまさぐり、指で内奥を掻き回す。そうされて、結の科白もとぎれがちだ。息遣いと短い言葉だけになる。

膝《ひざ》に乗ったまま、結は身体をねじって円堂を見上げるようにする。やっぱり、顔を見ていたい。

「……円堂さん」

「なに？」

「キスして」

円堂はあの、眩しそうな顔になると、上体をかがめてくる。

唇を絡まり合わせたまま、結は片手で円堂の股間を探り、中断していた愛撫を続けた。

「あ、あっ……ユイ」

円堂も気持ちいいのだろう。喉仏がごぼりと動く。のけぞると、それがよく判って結も嬉しい。下腹部のマグマがじわりと動く。

「なあ、俺、もう……」

円堂の腕を摑み、結は最後をねだった。

「ああ、俺も我慢できない」

円堂は、結の身体をふたたび下に置くと、両足を開かせてその間に身体を入れた。

猛った熱い雄身が、後孔に押し当てられる。

「ああ……っ」

結は叫び、ベッドをずり上がってヘッドボードに頭を打ち付けた。

「ユイ」

円堂は結の両肩を摑み、引き戻す。ぐいっと、また結合が深くなる。

「あ、痛い、痛いよ」

「ごめんな。でも、やめられないんだ」

「ああ――」

そんなことは、判っている。

結だって、円堂が欲しい。

けれど、精神と肉体は必ずしも一致しているというわけではないらしく、もっとしていいんだ、と思うそばから早く抜いてくれ、とSOSも発しているのだった。

「ユイ、ユイ、ユイ」

円堂は、そんな結の頬を撫で、汗で貼《は》りついた髪を分けてくれながら、何度も呼ぶ。優しく、呼ぶ。

「判るかユイ？　俺たち、今、ひとつになってんだ」

「あ、ああ、あ、……」

泣きながら、結は何度も頷いた。

これが愛し合うってことなんだ。

一度だけ、かつて一度だけ、円堂と母もこんなふうにして……円堂は母のことも同じやり方で抱いたのだろうか……。

不思議と、嫉妬はなかった。

それが母だからではない。

母の元恋人であろうとなかろうと、関係のあった相手であろうとなかろうと。

俺は、この人とこうしたかったんだ。

そして、ひとつになっている。

他のことなんか、どうでもいいんだ……。

円堂の舌が、眦《まなじり》に溜まった涙をそっと掬《すく》う。

動き出す。優しい愛撫とはうらはらの、野性を感じさせる動き。

揺さぶられ、烈《はげ》しく腰を打ちつけられて、結の意識は次第に遠くなってゆく。

苦痛と、それを上回る快感があった。

円堂さん……。


翌朝早く、二人は横浜を出発した。

ひとつになれた達成感はあるものの、結は行き先が気がかりだ。

「今度は福島あたりどう？　いい温泉、あるよ」

助手席からそわそわ促してみたが、円堂は乗ってこない。生返事。しょぼんとして、結はシートに深く腰かけた。昨日のあれで、そこはまだ疼《うず》いている。切れてしまったのだ。シャワーを浴びていて、気づいた。

そんなに烈しく愛してくれたのに……。

円堂はやはり、「旅を終える」ことを考えているのだろうか。

そして、その後俺になにが残るんだろうか。

莫迦でかい家と莫大な資産、つまんない学校――。

「なあ？　俺、家に戻るのだけは厭だよ？」

「そう言われても」

円堂は、唇をちょっと曲げて笑う。

「どんどん近づいて行っちゃってるからねえ」

「だったら、離れればいいじゃんか！」

「ユイ」

「なんだよ、一発やったからもう結構って？　そんなの卑怯《ひきょう》じゃんか、ヤリ逃げ……」

「莫迦！」

ふいに大声で怒鳴られ、結はさすがにびくりとする。

「――んなわけ、ねえだろ」

「だったら」

「お前はもう少し、いろんな世界を見たほうがいいよ」

「どういう意味だよ」

「おとぎ話のお姫様だって、けっこうさんざんな目に遭《あ》うだろ？」

「俺お姫様じゃないもん」

「どうかな」

「なんだよ」

円堂は肩をすぼめ、応《こた》えない。

「……帰っても、また逢《あ》えるんだろ？　俺たち」

「……」

「そうじゃなきゃ、俺帰らないぞ」

だんまりを決め込む円堂に、不安はますます募った。

そうこうするうちにもあたりはどんどん見たことのある風景になってきて、結の心臓はどんどんバクバクしてくる。

「ちょ――ちょっと待てよ」

結は車窓にとりつき、気が気でない。

不意に車が停まった。

急停車にがっくんと揺れた結の、一瞬の隙《すき》をついて円堂が蔽《おお》い被さってくるようにしてシートベルトを外した。

「円堂さん！」

「帰りな。お前の場所に」

「な、なんでっ……ム」

反論は、キスに塞《ふさ》がれる。

結の首ったまをひっつかむようにして乱暴に口づけた後、円堂はまた急に身体を離した。

「遊びの時間はもうおしまい」

「そんなっ」

「世界は広い。自分で自分を狭くすんな」

「どういう意味だよ」

「お前を案じて、心配してくれる人がいるだろ。友だちとか」

え、と指すほうを見やると、ファッションビルの間にある広場、その時計塔の前に立っている憶えのある姿に気づいた。

電子計算機――。

「俺のほうにも電話、かかってきてな」

淡々とした調子で円堂は言う。

「もっとも、俺のほうは、頼んでもないのにかけてきたってだけだけど」

「円堂さん」

「このままだと俺は未成年者略取誘拐罪《りゃくしゅゆうかいざい》に問われるんだそうだ」

「！　そんなっ。そんなの、俺が自分の意志でついて来たってだけじゃんか」

「それでも、問われる時は問われんだよ」

「……俺が、子どもだから？」

「ま、言ってしまえばそういうこと」

「だって、俺ちゃんと言ったのに。電子……大沢《おおさわ》に」

「そんなの、大人の世界じゃどうにでもなるんだ。咎《とが》められるのが怖いわけじゃない。スキャンダルになるのも。ただお前がもっと勉強して、まともに学校に行って、一人で生きる勁《つよ》い男になって欲しいから。だから、今は離れたほうがいいんだ。俺だって、あんなことになって、お前を離したくなくなって参ってるもの」

「じゃ……べつに二度と会えないわけじゃ、ないよな？」

話しているうちに目縁《まぶち》に涙が上がってくる。

「たぶんな」

そんな曖昧《あいまい》な約束。今度は鼻の奥がつうんとした。

「そんな……」

「俺も頭を冷やしたい。昨夜言ったことは嘘じゃない……けど、のめり込んだら結局、お前にマイナスになる」

「でも」

「俺を信じろ。いずれ迎えに行く」

まっすぐな目が結を捉えた。

それは曇りない、嘘もない光を湛《たた》えて、だから、もうそれ以上はなにも言えなくなる。

けれど十六歳にはもっとちゃんとした約束が要《い》るのだ。

「いつ？　いつだよ、それ」

円堂は笑って、ふたたび結を引き寄せた。さっきとは較《くら》べものにならないぐらい、烈しくて深いキス。

「担保だ」

離れると、言った。

「担保、って」

「早く大人になりな」

言葉とともに、突き転ばされるようにして結は車の外に放り出された。

「円堂さんっ」

言葉はない。けれど一瞬見たその目は優しく輝いていて、それは信じるに足るもので、だから結は追いかけてはならないことを悟る。

車道に手をついたまま、結は走り去ってゆく車を見送った。

かすんだ視界に、そして、こちらに気づいて小走りに寄ってくる大沢が映る。

あのひとが大人だから、俺を連れてはいけないのか。

ほんとうに、大人になったら迎えにきてくれるんだろうか。

そんなの嘘に決まってる、とだだをこねるのが子どもなら、俺は黙ってあのひとを信じるしかない。

結はすっくと立ち上がった。

もし約束破ったら、俺、どんなことしたって、なにやったってあんたを見つけてみせるからな。そんでもって、今度は絶対、離れてやらないんだ。うんざりするぐらい、そばにいてやる。

背筋を伸ばして、時計塔のほうへ歩きだす。子どもの時間の終わりを、ここからはじめるのだ。

オトナの場合

十六歳の時、忘れられない出会いがあった。
十六歳の思いは、今も胸の奥にある。

1

「いたいた。ユイー、学食行かね？」

六号館のほうから回ってきた矢島恭弘《やじまやすひろ》に声をかけられ、高梨結《たかしなゆい》は振り返った。二限目の講義が終わったところだった。

「なんで先に行くんだよ」

「お前が佐奈谷《さなたに》さんと愉《たの》しそうに喋ってたから」

「気をきかせたってか？　お前な、むこうは明らかにお前狙いだろうが」

同じクラスの佐奈谷香苗《かなえ》は、ラグビー部のマネージャーで社会学部でも人気がある。講義が終わり、机を片付けていた時、一つ前に坐っていた彼女が立ち上がり、こちらを見た。なにか言いたげなその表情を無視して、結はさっさと教室を出た。背中で、応じる矢島の声が聞こえていた。

「そう？」

「そう？　じゃねーよ、スカしやがって。ほんとお前、鈍いのな」

矢島は、自分が本命じゃないことにも、べつだん気にしてはいないようだ。大きな心の持ち主だ。だからこそ、つきあいが続いているとも言える。高校からの同級生。同じ大学の同じ学部を志望し、ともに進学して二年目の初夏。専攻も同じ社会福祉学である。

高校の卒業式前日に、結は高熱を出して式に出られなかった。

そのせいなのか、今だに大学生になったという実感がわかないのだが、時間は確実に流れており、九月には二十歳になる。淡い約束を胸に滲《にじ》ませたままで。

鈍いと言われて、結は口許《くちもと》だけを歪ませて笑った。佐奈谷がなんと思っていようと、応じる気はない。

それよりも——。

結は再び、掲示板のガラス窓を覗き込んだ。

「なに見てんの？　ああ、バイト？」

矢島がどれどれと身を屈《かが》めてくる。

「どれだよ……ああ、創明社《そうめいしゃ》？　って、出版社の？」

「やっぱり出版社だよな」

「当たり前じゃん」

「出版社って、作家と関係あるよね」

「そりゃあ、そうだろうよ」

「第三編集部って、『月刊トリック』を出してるところだよね」

「そんなことまでは……っていうか、お前、なに言ってんの？」

矢島の声にそろそろ不審の色が現れてくるのを無視し、

「編集補助ってなにやるんだろうな」

結はなお呟いた。

「なにって……やっぱ編集の手伝いじゃないの」

「どの辺を手伝うんだろ」

「そりゃまあ、素人《しろうと》だから雑用だろ。お使いとか……作家のところに原稿もらいに行ったりするんじゃない？　ドラマとかで、よくやってる」

「やっぱり、そうだよな」

結はショルダーバッグを担《かつ》ぎ直した。

「応募するのか。つーかお前、なんで急にバイトなんか」

矢島は、後をついて来ながら言う。

「金を稼ぐんだよ。決まってんじゃん」

「……。働かなくたって、余裕で食っていけるんじゃなかったのか」

「誰だよ、そんなこと言ってる奴」

「自分だろ。自分で言ったんじゃん、去年」

大学に入って初めての夏休み、矢島は長野のレタス農家で住み込みのアルバイトをしたのだ。その際、結も誘われたのだったが、

「そうだっけ？」

なんと言って断ったのだかは憶《おぼ》えていない。アルバイトなんてかったるいとは、さっきまで思っていたので、そんなことを言ったかもしれない。

「まあ、いつまで余裕があるか、判んないからね」

「よく言う。この大金持ちが」

矢島に肩をぶつけられ、結は苦笑した。

たしかに結は、大金持ちだ。

だが、大金持ちの家の子、ではない。結に家はない。いや、家屋敷はあるけれど家族はいない。四歳で父親を、十六歳で母親を亡くし、一人ぼっちの身になった。父の築いた財を、そっくり受け継いだ。あちこちの銀行に自分名義の貯金を、億単位で持っている。それだけでなく、動産や不動産を併《あわ》せて、総額いくらになるのだか見当もつかないほど、結は資産家である。

ま、親の金だけどね……。

お金なんか要《い》らない、とは思わない。お金は要らないから家族の温《ぬく》もりを……などと求めて

もいない。財産はないよりあったほうがいいし、家族はいずれ持つにしても、ずっと先のことだ。

先すぎて、想像もつかない……。

家族。気がついたら、母と二人になっていた。その暮らしを、寂しいと感じたことはない。二人きりでも母となら寂しくなかった。母親が大好きだったから。その母が亡くなった。一人ぼっち。

はじめのうちは哀しみに胸がはりさけそうになり、この哀しみは永遠につづくものだと思っていた。けれど、次第に――いなくなっても、思い出はなくならない。思い出せば寂しさはいくらかまぎらわすことができた。

ごまかすことができないのは、……目を閉じると頭に浮かぶ、青い夏の海。

白い波が打ち寄せる波打ち際で、走っている自分。

ピンクや水色の水風船を投げ合って、濡れながら上げる二人分の笑い声。

思い出は、今も痛い。


学生課で手続きをし、結は早々、バイト先の面接に向かった。

神田神保町《かんだじんぼうちょう》に立ち並ぶ、大小の出版社のビル。創明社も、その中にあった。老舗《しにせ》の出版社だが、最近ビルを建て替えたのか、社屋は新しい。受付で第三編集部のあるフロアを訊ねると、美人の受付嬢がにこやかにエレベーターのあるほうを指した。

意外と簡単に入れるもんなんだな。

5Fのフロアに上がって行きながら、結は思った。

出版社というと、もっと堅くて厳《いか》めしいイメージがある。編集部に用事で、などという一般人の青二才など、まず疑われそうなというか。

しかし、現実にはなにも疑いもせず、親切に案内してくれるわけだ……バイトの面接だと言ったからかもしれないが。

5Fには、四つほどの部署が入っていた。

入り口近くのコピー機の前にいたショートカットに眼鏡の女性に、

「あのう」

結は声をかけた。

「はいっ？」

黙々と、吐き出されるコピーを見つめていたらしい彼女は、文字通りはじかれたように飛び上がった。

「……第三編集部の、黒田《くろだ》という方はどこにおられるんでしょうか」

相手は、しげしげと結を見た。胡乱《うろん》げな表情が、化粧っ気のない顔に浮かんでくる。

「持ち込み……？」

「は？」

結は訊き返した。相手の目が、大きなショルダーバッグに釘付けになっているのに気づき、誤解されていることを知った。

「いや、バイトの面接に伺《うかが》ったんですけど」

素早く身分を明かしておく。

彼女はほっとしたような笑顔になり、

「黒田ですね。うちの部署ですから、ご案内します」

コピーを取る手を止めた。

「どうぞ」

案内してくれなくてもいいんだけどな、と思いつつせっかくなので遠慮なくついてゆく。パネルで仕切られた一番奥に辿《たど》り着くと、

「黒田さーん」

と呼んだ。

「あれ？　面接の方が来られてるんですけど、編集長は？」

「まだ来てないけど」

手前のデスクから、ぼさぼさ髪の男がぶっきらぼうに返事した。

「ええ？　だって面接の人、見えてるんですけど」

「何時？」

男は、結に言った。

「え？」

「面接の時間。何時って言われてる？」

「あの、四時にこちらまで来るようにと」

「あー、じゃ、六時半だな、来るの」

「そ、そんな」

「厭《いや》ねぇ、根本《ねもと》さん。意地悪なんだから……携帯に連絡するから。たぶんこの辺に潜《ひそ》んでるとは思うの」

「はあ……」

雇い主は、けっこうルーズな性格らしい。結は内心、やれやれとため息をついた。

編集長が来るまでの間、隅に置かれたテーブルで待たされる。さっきの女性がコーヒーを持ってきてくれた。結は恐縮しつつ、カップを受け取る。

気づいて、顔を上げた。

「あの、他にはいないんですか？　面接受ける人」

呼ばれているのは自分一人っぽい。

「一昨日と昨日、十人ぐらいかな。今日は君一人みたいよ？　今のところ、だけど」

やはり、競争相手はいるんだ……当たり前のことだが、面接を受けたからといって、必ずしも受かるわけではないことを今になって思い知らされる。

まあいいか。

温かいコーヒーに励まされ、結はあらためて辺りを見渡した。

思っていたより静かだ。もっとひっきりなしに電話が鳴っていたり、怒鳴るように会話する編集部員たちの声で、騒がしいようなところだと思っていた。

実際に、デスクにいるのは根本一人であり、電話も鳴らない。他は出払っているのか、それとも編集長同様、まだ出社していないのか、空席である。

所在なくそんなフロアの様子を眺めていると、

「うおー、来たぞ」

編集長の黒田とおぼしき人影が、テーブルの脇を大股《おおまた》に通り過ぎた。

「で、どこにいるって？」

首だけを巡らせ、結の上で視線を止める。

「お、君か。えーと……『高梨結』くん？」

履歴書を取ると、他の書類がばらばらとデスクに散らばり落ちた。

気にするでもなく、ずかずかとこちらに歩いてくる。

「は、はい……」

結は立ち上がり、頭を下げた。

「明正《めいせい》大学二年、高梨結です」

顔を上げると、黒田は面白そうな顔つきで、こちらを見下ろしている。

編集長といってもまだ若い。三十代半《なか》ばといったところか。油気のない髪をさらりと流し、日焼けした顔の、精悍《せいかん》な男だ。張った顎《あご》が男らしい。

「ほい、じゃ、坐って」

促され、結は再び椅子に坐った。

その前にどっかと腰を据え、黒田は履歴書に目を落とした。

「まず、志望動機なんかから訊いておこうかな――」


手ごたえがあったんだかなかったんだか判らないまま、それから約三十分後、結はエレベーターで1Fに降りた。

結局、面接らしい質問は志望の動機だけで、あとは学生生活や好きな科目、それになぜか食べ物ではなにが好きかなどを訊かれただけである。

いいように弄《もてあそ》ばれた感は拭えない……なんだよもう、失礼な。

1Fはロビーのようになっており、通りに面した窓に、創明社の各種出版物が置かれている。ショーウィンドウみたいにディスプレイされたその中に、あるハードカバーを見つけ、結の視線はその上で止まった。

『風煤《ふうばい》　鮎基一郎《あゆきいちろう》』

帯に「構想三年！　鮎基一郎の新境地」と大きな字で書いてある。

三年……三年前。三年前の自分。高校二年生。

——出会った年だ。

あの頃から温めていたテーマが、今こうして実を結んでいることになる。

関係ないのに、関係などないはずなのに、三年前、それだけのことでなにか意味があるんじゃないかと思ってしまう。そんな自分を、滑稽だと思う。

「ないよ。意味なんて」

結は呟き、視線を逸らした。心の奥がかさりと動いた。

実家は鎌倉だが、ばかでかい屋敷に一人で住むのは大変なのと、通学に便利だというのとで大学に入った年に東京のマンションを購入し、結はそこで生活している。二年の間に実家から荷物を運び出し、部屋の中はほとんど実家と変わりなくなった。帰る者のない屋敷は、弁護士の大沢《おおさわ》が管理しており、月に一度は家と庭の手入れをしているらしい。

いい思い出のあまりないあの家に、自分が帰る日がくるのだろうかと、実家のことを思うたびに結は複雑な気分になる。父親が死に、母親も死に、一人ぼっちになった。母と暮らした間は、それはそれなりに幸福なこともあったけれど、甘い記憶というにはまだ少し哀しい。母を想うことは哀しい。

そしてそこに必ず、揶揄《からか》うような眸《ひとみ》と口許に浮かんだ謎めいた笑み、記憶に刻みつけられたその顔が浮かぶのだ。


十六歳の時に出会った、得体の知れない男と、ともに過ごした短い日々の記憶。

2

ダメなんじゃないかと思っていたが、それから一週間後、創明社《そうめいしゃ》の曽根《そね》と名乗る女性——このあいだ編集部に案内して、コーヒーを出してくれた人だと判った——から電話がかかって来て、結《ゆい》が面接に受かったことを告げた。

「本当っスか？」

喜びのあまりすっとんきょうな声を上げてしまった結に笑うと、曽根は「じゃ、二十四日から来て下さいね」と念を押して電話を切った。

受話器を手に、結はしばらく佇《たたず》んでいた。頭の中にいろんな思いが過《よぎ》り、そしてじわじわと喜びがこみ上げてくる。

「やったー」

飛び上がったのは、だいぶ経《た》ってからだ。ガッツポーズ。

次いで、そのことに思い当たる。

——再会できるかもしれない……。

あの日見た本の表紙が、頭に浮かんでいる。

もちろん、他に手立てがなかったわけではない。連絡先なら「電子計算機」大沢《おおさわ》が知っているし、ペンネームが判っているのだから、あとは出版社に手紙でも出して、自分であることを教えて、そうしたら、鮎基一郎《あゆきいちろう》——円堂《えんどう》はきっと思い出してくれるから、電話番号も添えて……。

けれど、と結は思ったのだった。

自分だと告げたところで、円堂が会いたいと思うとは限らない。一緒にいた時間のことなど特に大切な出来事でもなくて、今さら顔を合わせたくもなく、手紙を無視してしまうかもしれない……。

『早く大人になりな』

別れ際にかけられた一言。

大人になって、会いにこいと円堂は結を突き放した。

抱き合った後で。初めて身体を重ねたその、翌日に。

そして、それきり音信は途絶えた。

普通に考えて、あれは「遊ばれた」ということなのかもしれない。たとえそうだとしても、円堂へ向かう気持ちは少しもなくならない。

だから、考えた。大人って、何歳からを言うのだろう。免許がとれる十八か。成人した二十歳か。今の俺は、もう大人だろうか。

会いたくてたまらなくて、会うことを躊躇《ちゅうちょ》していた。拒まれるのが怖くて、近づくことができなかった。

掲示板のアルバイト募集告知を見た時、これは運命かもしれないと思った。結にすれば、決して大げさな考えではない。勇気のない自分の背中を、神様が押してくれているのかもしれない。

まあ、面接で落ちる可能性もあるけれど。

それでも、どこかでけりをつけなければならなかった。

十六歳の、短くて鮮烈な恋に。


アルバイトに受かったことを教えると、矢島《やじま》は素直に祝福してくれた。

「よかったじゃん。でも、だいじょうぶなのか」

カフェテリアでアイス・ラテを啜《すす》りながら言う。

「だいじょうぶ、って？」

「結、バイトなんかしたことないだろ。それが、コンビニやマックならともかく、いきなり出版社で編集補助って。ハードじゃねえの？」

「そうかなあ」

少なくともハンバーガーショップで、ゼロ円スマイルを振りまくよりは、出版社の仕事のほうが楽そうだ。

そう結が言うと、矢島は呆れた顔になった。

「だって、未知なる世界だぜ、出版社なんて」

「うん」

「不安とかないわけ。公《おおやけ》の出版物に関わるんだ。責任感じない？　……感じないか、まあ、お前ってそんな奴だよな……」

勝手に自己完結している。

「大したことはやらされないだろ。っていうか、そういう責任重い仕事を、バイトなんかに振るわけないじゃん」

「うーん、楽観的」

矢島がストローを咥《くわ》えた時、ふわりと甘い匂いが鼻先をかすめた。

「ここ、いいかな？」

結は目を上げた。佐奈谷香苗《さなたにかなえ》と、彼女と仲のいいクラスメイトが並んでこちらを見下ろしている。

「あ、いいよ。どうぞどうぞ」

矢島が素早く反応し、二人は空いた椅子におさまった。

「なんの話？　夏休みの計画？」

「遊びじゃないけどね……結のバイトの話」

「高梨《たかなし》くん、アルバイトするの？」

結は佐奈谷を見た。マスカラをたっぷり塗った、重そうな睫毛《まつげ》が二、三度瞬《しばた》かれる。

「――まあ」

女の子は苦手だ。特に、アイメイクばっちりでピンクのキャミソール着てるような奴。

自然と無愛想な対応になった結をフォローするように、矢島が、しかもと続ける。

「出版社だぜ。編集の補助だって」

「えー、すごいじゃん。どこ？」

「創明社だって」

「すごーい。フラワーガールズ出してるところじゃん」

友人のほうが――こちらも似たり寄ったりの、完璧メイクにブルーのキャミソール姿である
――声を上げた。

若い女の子向けのそのファッション誌は、結も名前だけは知っている。

「配属先は違うけどね」

矢島がまた、勝手にスポークスマンを買って出る。

「どこ？」

佐奈谷から期待に満ちた目で見られ、結は仕方なく、

「月刊トリックとか、創明ノベルズ出してるところ」

答えた。どこかで鳥の囀《さえず》りが聞こえている。ラテのグラスが、汗をかいている。

「ああ、ミステリの？」

意外に佐奈谷は知っているらしい。結は彼女を見た。

「判る？」

「兄貴がよく買ってる。鮎基一郎とか好きなんだよね」

佐奈谷は、結と話せるのが嬉しくてたまらないというように相好《そうごう》を崩した。

いきなりその名前が出て、結はどきりとする。

「ふーん」

なるべく関心がなさそうな声になるよう努めたら、実にそっけないリアクションになった。

一瞬、テーブルが静まり返る。

「さ、佐奈谷はさ、読まないの？　ミステリとか」

矢島が必死だ。

「あたし？　うーん……ミステリはあんまり……あれって結局、現実味ないじゃない。人殺すのにわざわざヘンな凶器使ったり、部屋を密室にしたり」

「そ、そう」

「でも読書は好き。江國香織《えくにかおり》とか、唯川恵《ゆいかわけい》とかよく読むよ」

お前とはもう、一言たりとも話すことはない。

結は思ったが、矢島の引き攣《つ》った顔を見ていると、ここで立ち上がるのもなんだしな、という気にはなる。

「それはそうと、社会保障学のノート、まとめてある？」

話はすぐに逸《そ》れ、前期試験のことでひとしきりする。

愉《たの》しげな友人たちの声を聞きながら、結は一人ぼんやり、円堂のことを考えていた。


アルバイト初日、十時きっかりに創明社に到着すると、編集部には曽根一人しかいなかった。

「おはようございます」

結の声に顔を上げる。

「あら。バイト君。ずいぶん早いね」

「普通だと思いますけど……」

言いながら室内を見回す。

「他の人たちは……」

面接の日に会った根本《ねもと》という男や、その向かいの席で暇そうにしていた編集部員の姿がない。

「まだ来てないわよ、もちろん」

「……そ、そうですか」

「うちはこんなもんよ。コーヒー飲む？」

曽根は立ち上がる。

「いや、そんなおかまいなく……っていうか仕事、なにすればいいんですか」

「仕事はまだないわよ。そのうちどっかから指示出るから。お茶しててていいよ。あ、机はそこね」

島の一番端にあるデスクを示され、結はそこに腰を下ろした。

「ミルク入れる？」

「あ、はい。多目で」

ミルクたっぷりの温かいコーヒーに、もらい物らしい焼き菓子まで添えられた。バイトの身には過ぎたもてなしだ。

「そんなかしこまらなくていいのよ？　じきに仕事が入るから。そしたらコキ使われて、のんびりお茶なんてしてられなくなるから」

結の恐縮を感じ取ったか、曽根は笑顔で言う。あい変わらず化粧っ気のない顔に眼鏡、長袖のシャツとデニムのロングスカート。

好ましい女の人だ、うん。結は心の中で思った。母親である鮎《あゆ》も、外出する時以外は素顔でいた。シンプルな仕立ての服を着て、無造作に髪を後ろで束《たば》ね、清楚《せいそ》だった母。

その思い出があるせいか、女の人があまり着飾っているのは好きじゃない。

そんなことを考えながらぼんやり過ごしていると、十二時のサイレンが鳴った。

と、それに合わせたかのように、

「うぃーっす」

黒田《くろだ》がどかどか編集部に入ってきた。

「あら珍しい。お早いご出勤ですね」

「そう。これから入江《いりえ》先生とメシ」

「あら、日本におられるんですか？」

「いい男情報には反応するんだな、曽根……と、おお、来たかバイト」

「おはようございます」

結は立ち上がって頭を下げた。

黒田は手を振りながら、

「挨拶はいい。仕事だ」

来た、と身構えた。

「今から原稿とってこい。鮎基一郎」

どきんとした。期待していたとはいえ、いきなり来るとは……しかし、黒田は結の動揺などもちろん知る由《よし》もない。

「締め切り十日過ぎてる。なんだかんだ言い抜けるかもしらんが、とにかく明日までに入稿しないと穴が開くからな。曽根、あとはよろしく」

来た時と同じように、大股《おおまた》でフロアを出て行くのを、あっけにとられながら結は見送った。

視線を戻すと、曽根がやれやれというように肩を竦めている。

「初仕事が、鮎先生じゃ、かなり厳しいわね……」

「そ、そんな気難しい人なんですか？」

どんな人間だかはよく知っているけれど、作家としての円堂のことは知らない。

「難しいというか……まあ、締め切りはまず守らないわね」

「はあ……」

「気難しいことはないのよ。わがままでもないし。まあ神経質なところはあるけど、作家なんて多かれ少なかれみんな変人だから」

えらい言われようだが、たしかに変な男ではある。

「だけど威張ってないし、気さくでいい人なんだけど、どうも人を煙《けむ》に巻くっていうか……一回や二回の催促で、原稿が取れたためしは私の知る限り、ない」

「そ、そうですか」

前途多難ではあるらしい。

円堂ではなく、作家・鮎基一郎としての顔を、当然ながら結は知らない。自分の記憶にある円堂と、どう違うのだろう。戸惑ってしまうくらいに、違っているのだろうか。

「ま、とって食われることもないから、だいじょうぶよ」

結の沈黙を、曽根は怯《おび》えているととったらしい。

「新人が取りに行ったほうが、却《かえ》っていいかもね。ファイトー」

肩をぽんと叩き、励ますように言った。


渡された地図のコピーと鮎基一郎の連絡先を書いたメモを手に、結は一路、鮎基一郎邸を目指した。地下鉄を乗り換えて、地図を辿《たど》ってゆく。道を一本入ると、辺りに一軒家が目立つようになる。閑静な住宅地。駅前の喧騒が遠のくにつれ、建ち並ぶ家々の門構えは豪壮になって行った。住所を見た時に軽く驚いた通り、やはり高級住宅街なのだ。

やがて二十メートルも続くレンガ塀の家を越したところで、結は立ち止まった。門の上のプレートを見上げる。

ENDO。

小じゃれたローマ字表記に、胸がぞわりと疼《うず》いた。とうとうやって来た。再会が、すぐ目の前にある。

植木の陰に見え隠れするのは、小ぢんまりとした平屋建ての洋風建築である。ゆるやかな三角の屋根と、張り出した窓。付近と較《くら》べると見劣りはするものの、立派な家であることには違いない。

高鳴る心臓の音を抑えようと努めつつ、結は呼び鈴を押した。しばし待つ。応答がない。もう一度押した。

「――ああ？」

くぐもった声が、インターフォンから聞こえてくる。

円堂の声だ――さらに鼓動が速くなる。

「どちら様ですか？」

「創明社の者です」

沈黙。

「今いません」

「……。いらっしゃるじゃないですか」

円堂――鮎基一郎は一人暮らしだと聞いている。のっけからこれか。呆れながら結がつっこ

むと、わざとらしいため息の後、

「開いてます」

観念したような声が言った。

結は鉄製の門扉を押した。向こう側に開く。石造りのアプローチを玄関に向かった。中から扉が開かれた。

「どうも――あ」

結はその場に立ち竦んだ。

ドアの陰から顔を出した男も、驚いた顔でいる。円堂基《もとき》。三年前の道行きの相手。記憶にあるのと同じ顔で同じ姿で、目を瞠《みは》り、信じられないというような目でこちらを見ている。

約二秒間ほど見つめ合った後、円堂がかすかに身じろいだ。

「こりゃまた、何の冗談？」

余裕を取り戻し、口笛でも吹きそうな顔になるのを、結はじろりと睨んだ。

「創明社です」

そして続ける。

「久しぶりだな、この、やり逃げ男」

3

「——バイト？」

想像したような感動の場面も涙もなく、作家と出版社の人間として再会した後、結《ゆい》はリビングに通された。グレイとオフホワイトで統一された家の中は、整然としており静かだった。ソファに結を坐らせ、いいというのに円堂《えんどう》はキッチンに立って紅茶を淹《い》れてくれる。涼しすぎて寒いような部屋で、熱い紅茶は嬉しかった。

驚きがおさまってから、円堂は結がここに来た理由を知りたがった。結がバイト、と答えるのに、バイト？　とおうむ返しにしてから、

「そうか……今、大学？」

「二年だよ」

「大学生か……それはまあ……よくぞ育ったな」

円堂は、いきなり降ってわいた再会に、まだ馴染まないようにとんちんかんなことを言った。

「育ったんだよ。この三年の間に」

「三年……」

遠い目になる。

「……三年間、連絡もよこさず、便りもなく……」

あんなに緊張していたのに、言いたいことはいくらでも他にあるのに、結の口から出るのは怨《うら》み節ばかりになる。

「よくもまあ、三年も放置してくれたもんだよな」

「その……いろいろ、忙しかったんで……」

円堂は気まずそうに応じる。

「いいよ、言い訳なんか」

「……すまん」

「謝るな！」

「ユイ」

「それじゃまるで、ほんとにやり逃げになるじゃんか。やりたかっただけってことになるじゃんか」

「そんなつもりはねえよ」

円堂は憮然として言った。三年前の、結のよく知る尊大そうな表情になっている。なんとなく懐かしくなって、結はその顔をじっと見つめた。

「な、なんだよ」

「べつに。オヤジになったなと思って」

「――悪かったよ」

また不満げな顔をする。

実際には、オヤジになってなどいない。目の前にいる男は、髪が少し短くなったほかは、三年前とまるで同じだ。くっきりとした二重瞼《ふたえまぶた》も、なにかを企《たくら》むような形に閉じられた口許《くちもと》も、少しも変わらない円堂である。三十を超えたはずなのに、その眸《ひとみ》のいたずらっぽい輝きはそのままだ。

「そういうお前も、老けたな」

その顔で、円堂が逆襲してくる。

「当たり前じゃん。俺、来月二十歳だよ？」

「えっ、もうそんなになるのか」

「……老けたって、自分が言ったんだろ」

「うそうそ。知ってたよ」

円堂は真面目な顔つきになり言う。

「年が変わるたび、ああ、結はもう十七なんだなあ、十八にもなるんだなあ、大学に行くのかな、とか、折りにふれてお前のことを俺は……」

そこで言葉を切り、結の目を見た。

「……」

なんだよ、急にその、センチなことを言うなよ。恥ずかしいやら、照れくさいやらで結はいたたまれない気持ちに包まれる。

と、思ったとたん、

「なんてな。冗談だよ」

円堂はにっと笑った。

「！　おっ、俺のこと莫迦《ばか》にし……」

「いやいや。莫迦になんかしてないない。本当だって。忘れてたわけじゃないんだ」

「いいよ、もう」

結はぷいと横を向いた。

「そんなことより、原稿よこせよ」

本来の用事を思い出した。

「あ？　ああ——」

「締め切り過ぎてんだよ。あんたが原稿よこさないと、次の号に穴があくんだよ」

「判ってるよ」

「じゃ、はい、原稿」

結は、円堂に向かって手を差し出した。

円堂は困った顔になる。あ、やっぱりできてないんだな、とそれを見て結は思う。

「言われても……まだできてねえんだよ」

開き直ったように円堂は答えた。

「締め切りとっくに過ぎてんのに？」

「それは――その……」

「原稿をもらわない限り、帰れないんだよ。雑誌に穴開けて、辞表出すことになったら困るんだよ。家には病気のカミさんと、腹をすかせたガキどもが」

「そうか。そりゃ大変だな、ってそんなわけあるかい！　……なにやらせんだよ」

円堂は苦笑すると、立ち上がった。

リビングの中央にあるドアに消えていく。結は伸び上がって部屋の様子を窺《うかが》った。どうやらそこが書斎らしい。パソコンデスクと、床に散乱している雑誌や紙の類《たぐい》が見えた。

戻ってきた円堂は、しかし原稿らしきものなど手にしていない。煙草《たばこ》の箱をあけ、一本咥《くわ》えて火をつけた。

単に煙草を取りに行っただけのことらしい。結はそんな円堂を、軽蔑《けいべつ》をこめて見やった。

「書けよ」

「は？」

「原稿まだなんだろ。今から書き出せよ。終わるまで待っててやるよ。とにかく手ぶらじゃ帰らないからな」

「終わるまでって……いつ終わるかなんて、判らないんすけど」

「いいよ。待ってるから」

「ユイねえ」

「昔馴染みだからって、大目には見ないぞ。俺は、創明社《そうめいしゃ》と月刊トリックの代表としてここに来てるんだからな」

「……」

眩しそうに見つめられ、結は口を噤《つぐ》んだ。

「なんだよ？」

「いや。立派におなりになったなあと思って」

「そ、そんなことは、今関係が」

「俺は嬉しいよ。あのちっちゃかったユイがなあ」

「なに言って……ていうか、話を逸《そ》らすな！　原稿」

「愉《たの》しかったな、一緒に海行ってアイス食ってな、お前が当たって俺ははずれて」

「原稿」

「そうだ、アイス食おうか。あるんだ、あの時のアイスもあるし、もうちょっと高級な——」

「原稿」

「あ、果物のほうがいい？　スイカも冷えてるんだ」

「原稿！」

それしか言わない結に、円堂はあきらめたように肩を落とした。

しゅんとしている。あ、けっこう可愛《かわい》いかも。うなだれた姿を眺めながら、結はこっそり笑った。

「判ったよ。書けばいいんだろ、書けば。書くよ。書くさ」

五段活用でもあるまいに、円堂はぶつぶつ言いながら再び立ち上がった。

「書くから、帰って」

煙草の箱を手の中で弄《もてあそ》びながら、ぼそりと漏らす。

「はあ？」

「人がいると書けないんだ」

「ドア閉めればいいじゃん」

「その向こうに誰かがいるって思うと、書けなくなるんだよ」

円堂は先ほどとは様子が違う。いらいらしたように言うのを、結はやや焦りながら見上げた。

神経質、といった曽根《そね》の言葉が蘇《よみがえ》る。さっきまでの円堂は円堂だったが、今は鮎基《あゆき》一郎《いちろう》なのだろう。三年前には見せなかった作家の顔を知って、結は緊張した。

「判った。いつ頃にできそう？」

「今夜の……九時ぐらいなら」

「九時……」

駅前のファストフード店ででも時間を潰すつもりだったが、八時間以上も粘るのはちょっと……。

「いったん帰ってくれないか。そこいらの店で待たれてると思うのも厭《いや》なんだ」

どきりとした。こちらの考えを見透かされている。作家というのは、鋭敏らしい。

「そういうことなら……帰るけど。念のため携帯の番号教えて」

「信用ないのかなあ」

「あるわけないだろ、三年もバックれやがって」

「それは……まあいいや、ユイの携帯も教えろや」

一刻を争う場面なのに、長閑《のどか》に携番の交換を行う。何しにきたんだ俺、とちょっと思う。

「ほんとに九時にはできてるんだな？」

最後に念を押した。

「できてるできてる。約束する」

胸の前で手を合わせた円堂こと鮎基一郎を、やっぱり可愛いと思ってしまったのだった。

編集部が賑やかだ。黒田《くろだ》が戻っており、曽根ともう二人の編集者がいる。一人はデスクになにか分厚い紙束《かみたば》を広げて赤ペンで書き込みを入れており、もう一人はテーブルのほうで接客中だ。作家なのだろうか。オレンジ色の地に黄色のパイナップルと緑のパッションフルーツがとんだ、派手なアロハシャツを着た兄ちゃんが、テーブルに肘《ひじ》をついて陽気な笑い声を上げている。

「あら、お帰りなさい」

曽根が気づいて、結に声をかけた。黒田以外のメンバーが一斉にこちらを見る。

「あ、こんちは。今日から入った、バイトの高梨《たかなし》です」

黒田に報告する前に挨拶しようと、結は頭を下げた。デスクの男が浜崎《はまさき》、接客しているほうが島津《しまづ》、とそれぞれに名乗る。これに根本《ねもと》を入れて、以上五名が「月刊トリック」と創明社《そうめいしゃ》のミステリ部門の編集部らしい。

「俺は作家の桜庭《さくらば》です。つっても、知らないだろうなー。駆け出しだから。三冊しか出してないから。四冊目にOKが出なくて苦しんでるから」

アロハの男が最後に言った。とても苦しんでいる人間のものとは思えない、明るい声と内容だ。結は当惑したが、相手は笑顔のまま、

「大学生？　何歳？」

「十九です。来月二十歳ですけど」

「若っ」

自分だってかなり若いだろうに、桜庭は目をひん剝《む》いて驚いてみせた。

「若いの、アユキチの原稿」

一連の流れに無関心そうだった黒田が、初めて結の存在に気づいたように顔を上げた。

原稿、と言われ、結は思い出した。

「あの、それがまだなんです」

「まだ？」

「今書いてもらってます。九時ごろには上がるそうです」

「どこで」

「は？」

「どこで書いてんだよ、鮎先生は」

「あの、ご自宅ですけど」

一瞬、その場が静まり返った。

え？　と首を傾《かし》げた後の騒ぎは、結にとって生涯忘れられない経験になった。

曽根が悲鳴を上げ、浜崎は赤ペンを取り落とし、島津は思わずといった様子で立ち上がり、
桜庭が笑い出して静寂を破り、黒田が地獄の釜《かま》の蓋《ふた》を開けたような顔で、

「なんだとお？」

叫んだ。

「お前、それですごすご手ぶらで帰って来たっていうのか！」

「編集長、私です。私がちゃんと説明しなかったからなんです。高梨君は」

「関係ねえよ」

がたんと音を立てて、黒田が立ち上がった。前髪の間から、凄みのある眼差《まなざ》しで睨みつけてくる。

「ああ？　お前の仕事はなんだ？　作家に手玉にとられて、原稿ひとつ取れずにすごすご帰ってくるのが仕事か？　それで時給稼ごうとは、大した奴だな！」

頭ごなしに怒鳴られて、結は身を竦ませた。円堂は九時には原稿を渡すと約束したのに……それでも、一回でとってこなければ、責任を果たしたことにはならないのだろうか。一回で渡したことがない、と言った曽根の言葉が蘇《よみがえ》る。それとも今までも誰かが、こうして叱られていたのだろうか。

ともあれ、できることは一つしかなかった。

「すみません。今から、もう一度えん……鮎先生のところに行ってきます」

黒田は、口をひん曲げたまま、電話に手を伸ばす。受話器を耳に当てて、しばらく待つ間じゅう、結はいたたまれない思いでそこに立っていた。

「いやしねえよ」

やがて黒田は乱暴に受話器を叩きつけた。言うまでもなく、鮎基一郎宅にかけたのだろう。

いまいましそうに吐き捨てた。

「居留守じゃないんですか。俺今から」

結はなおも言ったが、黒田はどこか達観したような顔つきで、

「無駄だろ」

デスクを離れ、大股《おおまた》にこちらに歩いてくる。

もしかして、殴られる――？

それもまた、誰もが通ってきた道なのだろうか。結は覚悟して制裁を待った。

が、黒田はそのまますたすたと結の脇を通り過ぎ、フロアを出て行った。

「あ……」

結は後を追おうとしたが、

「高梨君」

曽根が呼ぶ。

「ごめんね。私のせいで……」

きちんと指導しなかったことを、心底すまないと思っているのだろう。うなだれた曽根に、
結は引き攣《つ》った笑みで答えた。

「い、いえ。俺が悪いんです。もう一度行きます」

「それが……」

曽根は目を伏せる。

「もう、ご自宅にはおられないと思いますよ」

島津が口を挟んだ。結はテーブルに視線を移した。顔立ちの整った、一見エリートサラリーマン風の男だ。気の毒そうな顔で、

「鮎先生が落とす時の、いつもの手ですから」

「いつもの？」

「今から書くって言わなかったか？」

浜崎が言った。

「……はい」

「人がいると書けない、待たれていると書けない……九時、九時には書き終わるからもう一度来てくれ」

まるで見ていたような浜崎の言葉に、結は目を見開いた。

「そう言って、編集を帰しておいてから、逃げるんです」

今度は島津が引き取る。

「逃げる……？　って、どこに……」

「それは誰も知りません。都内のホテルにでも行くのか、どこか他の土地に……韓国《かんこく》まで逃げられたこともあります」

結は絶句した。九時には渡す、と約束した時の円堂は真顔だった。少なくとも、結の知る限り、違《たが》えるつもりなどないはずの——。

騙《だま》されたとは思いたくなかった。けれど、騙されたのだろうか。

「携帯のほうも出ないわ」

曽根はますます身を縮《ちぢ》めている。

「ど、どうなるんですか？」

結はおそるおそる、一同に問いかけた。

「落ちたんだよ」

根本が肩をすぼめてお手上げのポーズを作る。

「落ちた……」

それが、雑誌に穴が開くということを指すぐらいは、結も知っている。

「だいじょうぶです。今回は、まだ余裕がありますから」

島津が励ますように言った。

「代原を入れれば、雑誌に穴も開きません——印刷が始まった頃に逃げられたことだってあるんですから。猶予《ゆうよ》があるぶん、今回は乗り切れます」

「でも、編集長が……」

「それもだいじょうぶ。火がついた時は怖いけど、引きずる人ではないから。戻ってくる頃には忘れてますよ」

「代原を手配しなきゃならんからな。鮎先生が締め切り守らないのはいつものことだし、俺らも一通り雷落とされてっから」

「いいなあ、鮎さんは。それでも仕事がなくならないんだから」

桜庭が暢気《のんき》に嘆《なげ》く。

「俺なんか落とした日にゃ、そのまま業界から消されるよなあ。早くベテランになりたいな」

「努力しないでキャリアだけ積んでも、腕が上がらなければ消えますすよ」

「うっ、厳しい」

桜庭は胸を押さえて苦しげな顔をしてみせた。

「ということで、今頃編集長の頭ん中にゃ、君への怒りより、預かってる原稿のストックリストが浮かんでるだろうよ。無問題。曽根もそんな顔せんと」

「だって……」

「気にすんな。こういう時のために、新人に原稿書かせてあるんだから」

曽根以外は、さばさばとしたものである。だから本当に、それは珍しいことではないのだろう。鮎基一郎が敵前逃亡するのも、出版社に迷惑をかけることも。

だが、結にとってはことは仕方ない、ではすまない。騙す。大真面目な顔で、必ずと言った約束を守らない。それは、三年前の約束にも通じているような気がする。

『いずれ迎えに行く』

たしかにそう言ったのに、三年も音信不通だった。あの約束も、それではその場限りの言い逃れにすぎなかったのだろうか。

大人になれ、と言ったのも。

むらむらと怒りが湧いてきた。結は拳を握りしめた。

「高梨君？」

「行ってきます」

「え、だから無駄だって」

「あきらめたら、負けになりますから」

「勝ち負けじゃないんだけどなあ」

眦《まなじり》を決して、結は踵《きびす》を返した。


携帯を開き、登録したばかりの円堂の番号をプッシュする。曽根の電話には出なかったが、結からだと判れば、考え直すかもしれない。

祈るような気持ちで円堂が出るのを待ったが、無情にも電話はつながらない。

——電源切りやがったな。

アドレスを呼び出し、メールを打った。

『死ねやボケ！』

顔文字をつけようかと思ったが、それでは甘すぎると考え直す。代わりに「！」を五個入力して、送信した。

しばらく待つ。さっき来たばかりの駅のそばにある、ファストフード店。

夕方のことで、学生からOL、サラリーマンまで、さまざまな人種でけっこう混んでいる。

通りに面したカウンター席で、結は所在なく嘘臭い味のオレンジジュースを啜《すす》った。と、携帯が震える。

急いで見ると、

『……怒ってる？』

文末に、困ったような笑顔の顔文字。

よけいムカつく。

即行で、

『大嘘つき。お前だけは赦《ゆる》さない』

ストレートな、心からの気持ちだ。

しばらくすると、今度は携帯が鳴りはじめた。ディスプレイを確認するまでもなく、円堂である。

結は椅子を降りた。店の中では、大声を出せない。

「この大嘘つきのやり逃げ野郎が！」

通話ボタンを押すなり、結は怒鳴った。

電話の向こうで、退《ひ》いた気配がある。

『まあそう、カッカすんなよ』

宥《なだ》めるような円堂に、さらに腹が立った。

「——同じなんだな」

さっきとは対照的に低い声を出した。

『え？』

「原稿も、迎えに行くって言ったあの科白《セリフ》も、口から出まかせの大嘘だったんだな？」

『ユイねえ、それは——』

「いいよ。もういい」

結は円堂を遮った。

「あんたを信じた俺が莫迦《ばか》だった。もう信じないし、待たない。あんたのことは、今日限りきれいさっぱり忘れる。三年前のことは、なかったことにする」

『ユイ』

「考えてみれば、再会したのだって俺から動いたからだもんな。あんたには、俺ともう一度会う気なんてなかったんだ。はなっから」

『違う』

「なにが」

『とにかくそっちに行くから。今どこ？』

「来なくていい。来るんなら、原稿と一緒にだ。それ以外なら帰るから」

『無茶言うなよ。パソも何も持ってない』

「そう。終わりだな。バイバイ」

『待てー！　待ってくれ。原稿書くから——実際、あと少しなんだ』

「……」

『マジで』

「あんたのマジなんて、既に見切ってるよ。あと少しだってんなら、逃げたりせずに家で書きゃいいじゃんか」

『ラストが浮かばなかったんだ。今、いいアイデアが閃《ひらめ》いた。必ず持って行くから』

円堂の声には真剣味があり、嘘をついているようには聞こえない。

しかし、昼間だって、逃げられるなんて思わなかったのだ。

居場所は教えるが、原稿を確認しなければ、話し合いに応じないことを強調し、結は電話を切った。

ため息が出た。しかし自分のせいだ。円堂を信じすぎていたのだ。そもそも奴を信用してはならないのだった。三年前に出会った時、円堂はそんな事実もないのに結の母親の情夫だと言ったのだ。これからは、奴の吐く言葉は八割がたインチキだと思うことにする。


同じ店の同じ場所で待つこと三時間。客が何度も入れ替わり、夕暮れの街が闇に包まれる頃、憶《おぼ》えのある人影がガラスに映った。

結ははっとして、頬杖をついていた手を下ろした。

円堂が、いくぶん憔悴《しょうすい》した姿で現れた。

手に、紙束を持っている。

「とりあえず続きからラストまで。前半は、家のパソに入ってるから」

渡されたコピー用紙に、結は目を落とした。とりあえずで適当な文章を連《つら》ねたというわけでもなく、円堂は本当に書いていたのだろう。解決部分だけだが、ちゃんと円堂の、鮎基一郎の作品であることは、著作を総《すべ》て読んでいる結には見て取れた。

「な?」

円堂が、窺《うかが》うようにこちらを覗き込んでくる。

「やればできるじゃないか——っていうか、頭から通しでもらわなきゃ、納得はしないけど」

「今から家に来てくれ。つなぎの部分確認してから、プリントアウトしてデータ渡すから」

円堂は、さっぱりした顔をしている。一仕事終えた人間の顔だ。

だが、全部の原稿がない限りは信じることはできない。結の、円堂に対する信用度は、とりあえず最低ラインより下、マイナスの域《いき》だ。

円堂の家のリビングで、結は原稿を待った。プリンタの発する機械音が、隣の部屋から響いてくる。

原稿を上げてほっとしたのか、円堂は上機嫌でキッチンに立っている。紅茶のいい香り。トレイにティーポットとカップを載せて運んできた。

「つまらないものですが」

うまそうな焼き菓子が添えられている。

食事のことを忘れていたのに気づいた。結の腹がぐうと鳴る。

「あれ。腹減った？　本格的になんか食べに行く？」

「いいよ。原稿、すぐに持って帰るから」

「だから、その後にさ」

円堂は嬉しそうに提案する。

「……愉しそうだな」

「愉しいさ。原稿書いたし、仕事をひとつ片付けた」

「だったら、毎回さっさと片付けろよ」

まだ赦したわけではない。結は前髪の間から、ぎろりと円堂を睨んだ。

「やればできんだろ。逃げてないで書けばいいじゃん」

「うん。俺も実にそう思う」

「あんたねー」

「いや、だから今回は奇跡だって。二週間苦しんだことが、なんで今日になってぽっとできちゃったんだろう。自分でも不思議だよ」

それから、ふと真面目な顔つきになり、

「ユイと会ったからかな……？」

意味深な視線を向けられて、結はやや戸惑う。変なふうに回ってしまったが、もともと会いたかった相手だ。会いたくて会いたくてしかたなかった円堂と、こうして再会している。自分の気持ちを思い出せば、この家に二人きりというシチュエーションが俄《にわ》かに恥ずかしく思われた。

そして円堂は、そんな結をじっと見つめている。視線を上げた。眸《ひとみ》がかち合う。ずっと見つめられていたのが判る。熱くなる頬。

「ユイ……」

本気の声で呼んで、円堂が結の頬に触れた。結は黙って、されるままになっている。顔が近づいた。

プリンタの音が止まった。

「——原稿」

いつのまにそんなに近づいていたのだろう。結ははっとして、目の前に迫った円堂を押しのけた。今ここでやるべきことは、ラブシーンではない。

円堂はいまいましげな顔になった。ちぇ、と舌打ちをして立ち上がる。

「はいはい。どうも、仕事熱心なバイト君なことだ」

「当たり前だ。あんたも逃げることばっかり考えてないで、もっと熱心になれ」

「……説教されてるし」

「俺の沽券《こけん》に関わることなんだよ」

黒田に半人前扱いされたことが蘇っている。このままじゃ悔しいから、戻ってきたのだ。

「ユイの沽券？」

隣室から円堂が言う。

「編集長に怒鳴られた」

「編集……ああ、クロさんね。怒ると相当怖いんだって？」

「相当どころじゃねえよ」

円堂がプリントアウトした原稿とFDを抱えて戻って来た。

「はい。お渡しさせて頂きます」

左肩をダブルクリップで留めたA4用紙の束を、うやうやしく差し出す。フロッピーが載っている。

受け取って、ディスクをポケットにしまう。一番上の原稿を見る。『B—52号の軌跡　鮎基一郎』。

また不思議なタイトルだ。B—52号ってなんだろう。

「偽物《にせもの》じゃないぜ？」

検分するように最初の数枚を捲《めく》っている結に、円堂は心外そうに言う。

「疑ってるわけじゃないよ……また、不思議な話なのかなと思って」

結は顔を上げた。円堂の眸が耿《ひか》った。

「読んでくれてんの？　俺の本」

「まあ、ぼちぼちと」

三年前に出会ってから既刊を揃え、新刊は必ず発売日に買って、コンプリートしていると本当のことを言うのも、なんだか悔しい。結はあいまいに頷いた。

「そうか。で、どう？」

「どうって」

「感想」

円堂は、ご褒美《ほうび》を待つ犬のような期待に満ちた顔でいる。

結は困りながら、

「どうっていうか……不思議な話だなって」

結の知っている、いわゆる「ミステリ」とは、円堂の書くものは少し違っている。派手な殺人事件があったり、名探偵が謎を解くような展開はめったになく、いつもこの世とは違うどこかの世界で起こっている不思議なできごとを、マジックのように紙面に浮かび上がらせるような、そんな話だ。それは、どこか現実離れしていた。事件らしい事件が起こらないこともある。それでいて確実に結を世界に引き込んで、読後、騙されたような気分にさせるのだ。

そう、円堂の紡《つむ》ぐ物語は、円堂本人に似ている。というか、円堂そのものだと言ってもいい。

「いや、面白いけど」

賞賛の言葉がないのにがっかりしたようなので、結は付け加えておいた。それは嘘ではないのだが、円堂はちょっと不満そうに、

「面白い『けど』?」

こだわっている。

「けど、なんでもないよ。言葉のアヤってやつだろ」

「褒めてんの？」

「うん」

「そうか、よかった」

円堂は笑顔になる。子どもみたいな奴だ。

「まあ、俺が褒めたからって、百万部売れるわけじゃないけどね」

その笑顔がなんとなく眩しくて、結は憎まれ口をきいた。

「当たり前だ」

円堂は真顔に戻った。

「こんなんが、百万部も売れたら、世の中おかしいよ」

どういう自己認識なんだか。しかし、円堂が百万部売れないことに心から頓着《とんちゃく》していないのは判った。

編集部に電話を入れ、鮎基一郎の原稿がとれたことを告げる。電話の向こうで、曽根が仰《ぎょう》天《てん》していた。

「それじゃ、どうも」

あとは原稿を届けるだけだ。印刷所は押さえてあるそうだから、これで完璧な雑誌が刷り上がるだろう。

ほっとして踵を返しかけた結の腕を、円堂が摑《つか》む。

「？　ちょ、ちょ――っと」

抱き寄せられて、結は焦った。

「なにするんだよ」

「抱きしめるんだよ」

「んな、今そんな……」

「もう帰っちゃうなんて、冗談だろ？　せっかく会えたのに、原稿渡したらはい、さようならかよ」

円堂は不満そうに言うが、結のほうこそ「冗談ではない」。

「世界は広いし俺は大人になったんだぞ。すぐに入稿しなきゃ、あんただって書いた意味ないだろ！　離せよ」

「離さないと言ったら？」

腕の中でもがく結を、円堂が面白そうに見下ろしてくる。

「結、今夜は帰さない……」

ふざけて言っているのがまる判りな調子で、だから結も気がねなしにその顔に爪を立てることができる。

「い、いてて！　引っ掻《か》くなよ」

形勢逆転。円堂は、悲鳴を上げて結の攻撃から逃れた。

「帰ってほしくなかったら、最初っから間に合うように仕事しろ」

不満げな顔を見上げ、結は低い声で言った。

「コワー」

腕を縮めて怯《おび》えるそぶりを見せる円堂を冷たく一瞥《いちべつ》し、

「じゃ、原稿はたしかに預かったからな。これに懲《こ》りて二度とサボんなよ」

「サボりたくてサボってるわけじゃないんだけどなあ……」

「口答えすんな。結果がこれじゃ、サボってたのと同じだろ」

「鬼だ……」

ずけずけ言う結に、円堂は哀しそうな顔になる。

「そ、そんな顔してもだめだからな。次も同じことやったらビンタだぞ」

「ビンタ……ユイのビンタ……ちょっと萌え」

「……アホか」

円堂は笑い、隙をついて再び結を抱きしめてくる。

「お、おいっ」

「会えてよかった……」

肩口に顔を埋め、円堂が囁く。

「……うん……」

なんだかようやく、再会が叶《かな》った実感がこみ上げてきた。

だからって、感動してばかりはいられない。急いで戻った編集部では、黒田が一人、デスクについていた。皆は帰ってしまった、というわけではなく、

「夜食だよ」

黒田に説明されるまでもなく、浜崎や曽根のデスクは仕事中ですと主張するかのように乱雑だった。

「はい。鮎先生の原稿です」

結は、封筒を黒田の前に置いた。

「お疲れさん――しかし、奇跡だな」

「中身もです」

「は？」

「キセキってタイトルなんです」

黒田は原稿を取り出し、一瞥してなるほど、と言った。

「ともかくこれで、代原も必要なくなったし、予告通りの内容で出せるよ――怒鳴って悪かったな」

労《ねぎら》うような口調と侘《わ》びる言葉に、結は恐縮して手を振った。

「いや、俺が悪かったんで」

「まあ、そうなんだけどな」

「……」

「君、高梨、進路決まってんの？」

結が首を傾げると、黒田は笑って、

「うちに就職しない？　落としがちな先生方を、まとめて担当してくれると助かるんだけど」

「そ、そんなー」

円堂に施《ほどこ》した手段が、他の難しい作家にも通用するわけがない。

だがもちろん、そんなことを言うわけにもいかない。

「しかも、一番大変なところから取ってくるんだもんなあ。いったい、どういう手使ったわけよ？」

「え？　いや、たまたま家に戻っておられて……その場で書いて頂いただけです」

「ふーん」

「奇跡ですよ、だから」

胡麻化《ごまか》すように笑うと、黒田はま、いいやと肩を竦めた。

「腹減ってないか？　夜食に行くか」

「あ、はいっ」

減っていないどころか、ぺこぺこだ。結は力いっぱい、頷いた。


黒田の行きつけの焼き鳥屋に入り、カウンター席に通される。

「俺は中生……高梨は？」

「あ、すだちサワーで」

結がオーダーすると、

「飲めるんだ」

黒田は珍しいものを見たような顔で言う。

「そりゃあ、飲めますよ。来月二十歳だし」

「飲むなよ！　……はまあいいとして、ふーん、酒飲むのか、高梨は」

なにがそんなに感慨《かんがい》深いのかと思ったら、

「だって、子どもみたいな顔してるじゃん、高梨。中学生にそっくりだぜ」

「どこの中坊ですか！」

結は抗議した。

「いやなんとなく……ほれ乾杯」

飲み物が運ばれて来て、なし崩し的にグラスを合わせることになる。

子ども扱いされるのは心外だったが、黒田からすれば自分なんて子どもに見えるんだなと納得もする。

「なに食う？　俺はとりあえずねぎまとつくね、塩で」

「あ、軟骨《なんこつ》とレバーと皮もお願いします」

「身以外が好きなのね、君」

「……ササミの梅焼きも」

なんとなく恥じつつ追加すると、黒田は嬉しそうに笑った。

「だって、軟骨揚《あ》げとかうまくないですか？」

合コンや飲み会の機会が増えたので、結もそれなりに知識を蓄《たくわ》えているのだ。

「うまいよ？　軟骨はうまい」

あやすように答え、黒田はポロシャツの胸ポケットから煙草《たばこ》を取り出した。

あ、と思う。円堂と一緒……。

思い出して、複雑な気分になっている結の内心など知る由《よし》もなく、黒田はラッキーストライクに火をつけた。

「どうだ、バイト一日目の感想は」

問われ、結は首を竦《すく》めた。

「大変でした。のっけからやらかしちゃったし」

「あんなのは君、やらかしたうちには入らない。それどころか鮎の原稿を取って来たんだからな。三段目が横綱に勝ったようなもんだ。ミラクルボーイと呼ぼう」

「はあ……あ、はは……」

「鮎はあれがあるからなあ」

黒田はため息をついた。

「毎回、落ちるか行けるか落ちるか落ちるか、はい落ちたー……そんなんばっか」

「……鮎先生、そんなに迷惑かけてんですか……？」

気になって、結は訊ねた。

「いや？　まあ、横柄だったり偉そうだったりするのよりは、いいよ。いいもの書くしな。デビューした頃からのつきあいだけど、どんどん腕を上げて来ている」

褒め言葉が、まるで自分に対してのもののように思えてくすぐったい。

「最近じゃ、ちょーっとこりゃミステリかな？　みたいな作風になって来てるのが心配だが」

「『風煤《ふうばい》』とかですか」

「お。読んだのか？」

「創明社のミステリなら全部読んでますよ」

「嘘つけ。面接の時、ミステリ作家の名前、五人以上挙げられなかったくせに」

「……」

「えらい勢いで鮎基一郎！　その後急に控《ひか》えめになったもんだから、こいつ絶対読んでねーなって」

「す、すいません……」

「鮎の名前が出てきたのも、表に飾ってあんの見たからなんだろうなーと、俺なりに推理してみたわけだが？」

咥《くわ》え煙草で、黒田はこちらを見る。

「ハズレ、です」

言った後、それじゃよけい怪しまれるよと思ったのだが、

「なんだよ、ハズレかよ。じゃ、なんで鮎？」

やはり厄介《やっかい》なことになりそうだった。

「秘密です」

「ひみつぅ？」

黒田が繰り返した時、焼き物が運ばれて来た。

会話が中断し、結はその隙に適当な話題へと転換を試みる。

「黒田さんて、何歳なんですか？」

「三十四。おっさんだよ」

「いやいや……結婚してるんですか？」

左手の薬指には、何も嵌《は》まってはいない。

「独身。結婚する気はない」

黒田は、結の質問を先回りするように付け加えた。

「ない、って……男らしいですねー、きっぱりと」

「男だからな。つうか、誰も結婚してくんないのよ、この俺と」

「嘘だ」

「なんで」

「だって、いい男じゃないですか、黒田さん」

結は本当にそう思って言ったのだが、黒田は面食らった顔の後、

「な、なに言ってんだよ」

狼狽《ろうばい》している。

「えー。だって、言われませんか？　カッコいいですよ、背も高いし、男前だし」

「うわ、やめ、やめろー」

黒田は俄かに挙動不審になると、大きく両手を振る。

首の後ろが赤黒くなっているのを見て、結はふきだしてしまった。

「こら。大人を揶揄《からか》うな」

「揶揄ってませんよ。だって実際」

「いや、いいから、いいからそれ以上言うな」

「……。照れ屋なんですね」

褒められるのが苦手だということは判った。しかもポーズではなく、心から。いい男とは、その事実に自分では気がつかないでいるものなのだろうか。

円堂の顔が浮かんだ。あいつなら、こんな時は「いい男ですがなにか？」とでも言いそうだ。

あ、だめだ。今、奴のことを考えるのはまずい。

「で、なんで鮎基一郎だけは読んでるわけ？」

――こんな追及を受けてしまうから。

「な、なんとなく……一冊読んだら面白かったから……」

ぎくぎくしながらも、結はそう答えた。

その後はミステリや出版社の裏話などを繰り広げ、結はすだちサワーをおかわりした。たらふく食うと、ようやく腹も心も落ち着いた。支払いは黒田が済ませ、創明社あての領収証を取っている。

「すいません。ごちそうさまでした」

店を出ながら結が頭を下げると、黒田は、

「会社の金だ。気にすんな。それよりまた明日から、頑張って働いてちょうだい」

「はいっ」

結は敬礼のポーズをとり、

「あれ？　黒田さんは？」

気がついて訊ねた。

「俺はまだ仕事」

仕事中なのにあんなに飲んでだいじょうぶなのだろうか……いや、それより大事な時間を削らせてしまってよかったのだろうか。

もっと早いペースで食って、無駄話などせず、さっさと帰るんだったたと、結はちょっと恥ずかしい。まだまだ子どもだよな、俺――来月二十歳だけど。

それでも、駅まで歩くうちには、サワー二杯のご利益でほどよくいい気分になってくる。電車に乗って、閉まったドアに火照《ほて》った頬を押しつけると、またすうっと身体から熱が逃げて行った。

ふうと息を吐く。いろいろあったが、まあ終わりよければすべてよしということだ。円堂にも会えたし――。

そのせっかくの再会劇も、なんだかばたばたしているうちに終わってしまったのだったが。

結は、ぼんやり円堂のことを考えた。

ほんとうは、抱きしめてほしかったのだ。

昔を懐かしがったり、積もる話をしたり……どんな話が積もっているのだかは、よく判らないが……もっと感動的でドラマチックな場面がなかったのが物足りないといえば物足りない。

だが、逆にこれでよかったという気もしていた。円堂は三年前と変わらない円堂だったし、やっぱり謎めいて魅力的な男だったし、大げさな表現や行動をされたら、きっと困った。っていうか退《ひ》く。

うん。まあまあだった。

そう結論づけ、結は流れていく夜景を見やった。

4

一週間も通ううちに、仕事にも職場にも馴れ、働くのが愉《たの》しくなってきた。

「補助」というのは使いっ走りのことだというのも判った。皆の雑用を一手に引き受け、コピーをとったり、お使いに行ったり、冷たい飲み物を皆に配ったり……そんな仕事でも、役に立てていると感じられてありがたい。

円堂《えんどう》以外の作家にも、ゲラ刷りを届けたり原稿を受け取りに行ったりした。円堂ほどではないものの、作家というのは締め切りを守らないものらしいとも判った。といっても二人だけだが、いずれも締め切りを大幅に過ぎてから重い腰を上げるといったルーズさで、社会人にあるまじき不真面目さである。だが、さすがに円堂のように逃亡はせず、ぎりぎり間に合ったから、結果オーライということかもしれない。

円堂はといえば、どうやら他の会社でも同じようなことをしているらしく、とうとうホテルに缶詰になって原稿を書いているというメールが来た。

『だから、そんな憐《あわ》れな俺を慰《なぐさ》めに来てねん』

そんな時間があるなら、原稿を書け、と返すと、泣き顔の顔文字とともに無聊《ぶりょう》をかこつ辛さを訴えてきたが、

『いい年して顔文字使うな。ボケ』

冷たく返しておいた。

本音を言えば、結だって会いに行きたい。しかし、円堂が鮎基《あゆき》一郎《いちろう》でいなければならない時間を、自分のために潰させるのは気がひける。

そうこうするうちに、創明社《そうめいしゃ》のノベルズ発売日が来た。

結は、朝十時から都内の大型書店を回っていた。大きな店では、発売日より一日早く新刊を店頭に並べる。店によっては二日前から出回る。

その新刊の売れ行きを現場に赴《おもむ》いてチェックするのだ。地味だが大切な仕事だ。

細かい冊数まで調べる必要はないと言われたが、できるだけ状況が判るよう、結は残ったノベルズを数え、書名の横に書き込んでいった。積んであるノベルズをおもむろに掻《か》き分け、十冊ごとに「正」の字を書いているのだから、立派な不審客だ。

そうやって、池袋《いけぶくろ》の店で「調査」していると、背後から、

「困りますね、お客さん」

出し抜けに肩に手を置かれて、ひっと飛び上がりそうになる。いや、犯罪をおかしていたわけではないが……おそるおそる振り返ると、

「そういうことしちゃ、いけませんぜ？」

「……缶詰じゃなかったのか」

円堂は、にかっと笑う。薄茶のサングラスをかけ、足元はビーチサンダルという、リゾート仕様だ。

「息抜き」

「ホテル、この近くなんだ？」

「目と鼻の先よ……おっと上総《かずさ》センセイですか。さすがに売れてるなー。いいなあ」

まだ十冊のノベルズを抱えていたのだった。結は残った本の数を目算し、表に書きつけた。

「通信簿つけてる。あーやだやだ、先生に言いつける気だな」

「……仕事だもん。それに、なんだよ先生って」

「販売部のこと。これとこれが売れてませんって報告するんだろ。それにより、我々の初版部数が上がったり下がったり。やだやだ」

「あんた、今月新刊出してないじゃん」

「ご同業の災厄に胸を痛めてるんだよ」

「売れてませんなんて言わないよ。これとこれがよく売れてますって報告するんだよ」

「同じじゃんか」

「違うもん」

むきになって口を尖らせた結に、円堂は笑って、

「まあいいや。あとどこ回んの？」

話を変える。

「いちおう、ここで終わりだけど」

「お、ナイス。じゃ、どっかで茶飲もう」

「仕事じゃないのかよ」

「息抜きって言っただろ。朝四時まで原稿書いて、もうパソの顔見るのも厭《いや》」

そんなんで、その本は最後まで書けるのだろうかと思うが、他社のことなのでどうでもいい。

思いがけなく円堂と鉢合わせして、久しぶりに顔が見られて、内心では嬉しい。

が、喜んでいるようなそぶりは見せず、先に立って歩き出した円堂の後について行った。

カフェで、円堂は「ビール」と当たり前のように注文した。

「おい」

「いいじゃん。息抜き」

「……。信じられない奴」

「なんで『自由業』と言うかって話だよ」

「あ、そ。なれてよかったね、自由業」

「あのなあ、今日び普通のサラリーマンだって、外回りのついでに一杯ひっかけるのなんて珍

しくもなんともないんだぜ？」

「じゃ、サラリーマンになれば」

「可愛《かわい》くねえなあ……あ、こっちアイスアイリッシュね」

ウェイトレスがメニューを下げてゆくと、結は、

「なに。アイリッシュって」

「あれ？　知らないの？　だっせー」

「……」

「だっせーっ」

ささやかな復讐《ふくしゅう》のつもりらしい。莫迦《ばか》ばかしくなって、結は挑発に乗らないことにした。

オープンカフェだが、テラス席に客の姿はない。外は猛暑だ。ふと冷たいビールを飲みたくなる気持ちも判らないではない。結だって、仕事中でなかったらキュッと冷えたのを喉に流し込みたいところである。陽の当たる舗道《ほどう》に、陽炎《かげろう》がゆらゆら立っている。真夏の午後。

「バイト愉しい？」

結は視線を戻した。円堂が、テーブルに肘《ひじ》をついてこちらを覗き込むように見ている。

「まあ、愉しい……っつうか、編集者って大変なんだなあって」

「今頃気づいたか」

「って、あんたは迷惑かける側だろうが。なにが判る」

「だから判るんだって。俺みたいのばっかだからさー、作家なんて。ろくでなしよ」

「自覚があるなら、原稿は期日までにきちんと書け」

「そんなのできたら、作家やってないよ」

「そりゃそうか」

「って、フォローするところだろ！　優しくないなあ」

言いながらも、円堂は運ばれて来たビールを一息に呷《あお》ると、とたんに幸せそうな表情になった。

「うまい……」

よほど今朝四時までがしんどかったらしい。ビールならホテルの冷蔵庫に入っているだろうに、わざわざ外に出て来たかった気持ちは想像できる。

結も謎の「アイスアイリッシュ」に口をつけた。最上部にクリームが溜まり、その下に茶色い液体が入っている。よく掻き混ぜたのだが混ざらない。そのままストローで啜《すす》った。

む？

「こ、これ、酒じゃんか！」

「アイリッシュコーヒーだよ？」

「あんたね……」

「これで君も仕事中に酒飲んでる奴の仲間入りだね」

「ってなあ」

「なんてね、うそうそ。それは酒ではなく、アイリッシュコーヒーです。だから全部飲もうね？」

復讐劇は続いていたようだ。ストローを咥《くわ》えながら結は円堂を睨んだが、涼しい顔で二杯目を注文している。どれだけ飲む気だ。

「なんか食う？」

「俺はいい」

「じゃ、クラブハウスサンド一つ」

オーダーを追加し、メニューを閉じてウェイトレスに渡した。

「……メシ食ってないのか？」

「昨日の十一時頃、ルームサービスで夜食とったきりだ、そういえば」

「そういえば、じゃねえよ。食は生活の基本だろ。疎《おろそ》かにしてると身体毀《こわ》すぞ」

「嬉しいなあ。ユイちゃんが俺を心配してくれてる」

円堂のふざけた調子に、結はむっと口を曲げた。

「そういうんじゃなくて！」

「はいはい、判ってます。食は生活の基本」

「莫迦《ばか》にしてんだな」

「してないない。ただ、登場人物がやたらなんか食ってんなと思ったら、自分が食ってないことに気づくんだよね」

「気づいてないで、なんか腹に入れてやれよ」

「それが、書いてる最中は全然腹すかないの」

肘をついた手に顎《あご》を乗せ、円堂はにっこりした。

「なに可愛い子ぶってんだよ。いいから食えよ。脳に栄養回んなくて、いい小説書けないぞ」

「いい小説かあ……ユイは、いい小説って、どんな小説のことだと思う？」

「それは……いい話、だろ」

「いいっていうのは、どんなふうに？」

「どんなふうにって……まあ、面白いとか感動的だとか」

「ふむ。それは個人の感覚によるものだよね？　面白いと感じるポイントも、感動のツボも、人それぞれだ。さあ、それを踏まえた上で、万人が納得する『いい小説』ってなんだろう？なんだと思う？」

「あらためて言われても……ないんじゃないの、そんな誰もが納得するような話なんてのは」

「ということは、いい小説というものはこの世に存在しないってことになるわけだ？」

「……」

なんだか判らないが、罠《わな》に嵌《は》まったみたいだ。人を煙《けむ》に巻く、と言った曽根《そね》の円堂評を思い出す。

「へ、屁理屈はいいんだよ。とにかく、絶食はやめろ。太るぞ」

「あら、デブは嫌い？」

「……。そういう理由で太ってるような奴は嫌いだ」

「こりゃ一本とられたなあ」

円堂は愉しそうだ。

なんだかやっぱり、莫迦にされてる気がする。結はむっとして円堂を睨んだ。新しいビールが運ばれて来る。

「いつまでホテルにいるわけ？」

思い直して、結は訊ねた。

「原稿が終わるまで」

「永遠じゃんか」

「これは一本……というか、そりゃ、いつかは引き払うよ……今のところ、めどが立っていないのが弱点だが」

円堂は肩をすぼめた。

「なんなら、遊びに来る？　今から」

「俺は仕事中なの」

「じゃ、バイト終わったら」

「遊んでるヒマあったら、原稿書けよ」

「書くからさあ、来てよ」

「厭だよ」

結は冷たく突き放した。

「大人だろ。仕事中の人間とは遊べません。遊びたかったら、仕事を片付けろよな」

「片付けたら、遊んでくれるの？」

円堂はふいに真顔になる。

正面からシリアスな顔つきで見つめられ、結はやや狼狽《うろた》えた。

「そ、そりゃあ……次の締め切りが迫ってるとかいうんじゃなければ……」

成り行き上、こう答えるしかない。

「迫ってるけど、今の仕事が終わりさえすれば、ユイは俺と一緒にホテルに泊まってくれるんだよね？」

その言葉に、結はたじろいだ。頭の中のスクリーンに、三年前、海沿いのホテルの一室で抱き合った、自分と円堂の姿が浮かび、それは結を動揺させる。

「ホテルと限定しなくても……」

思わず呟くと、円堂が、

「まあ、場所はどこでもいいよな」

意味ありげにおっかぶせてくるから、ますますどう反応していいのか判らなくなる。

考えてみれば、二人は既に肌を合わせた仲なのだ。今さら照れたって……いや、そうじゃなくて。いややっぱり、そこか。

「あー、早く仕事終わらせてえ。そしたら可愛いユイちゃんをいっぱい抱ける」

「ちょ、そ、そういうことを大声で言うなよ」

隣のテーブルにいたサラリーマン風の一人客が反応している。

スポーツ新聞に目を落としつつ、こちらを窺《うかが》うような所作に、結は思いっ切り恥ずかしくなったのだが、円堂は平気そうだ。

「小声ならいいわけ?」

「……俺、帰るから」

結が立ち上がりかけると、周章《あわ》てたように向こう側から伸び上がり、腕を摑《つか》んだ。

「まあまあ。まあまあまあ。メシぐらいつきあってよ」

「俺はメシの時間じゃないよ」

「じゃ、なんか甘いものでも取ろう。トロピカルフルーツパフェなんてどう? 期間限定だって」

「……」

たいていの人間がそうであるように、結も「限定」という語に弱い。

椅子にすとんと腰を落とし、結は、

「じゃあ、つきあうからよけいなこと言うなよ？」

円堂を睨んだ。


限定品のフルーツパフェはけっこうな甘さで、結は会社への道の途中でお茶のペットボトルを買った。

お茶の苦さで、口の中に残った甘い味を中和させながら歩く。

「遅かったな」

編集部に戻ると、黒田《くろだ》が一人だった。デスクで、新聞を読んでいる。と思ったら、さっきの男が読んでいたのと同じスポーツ新聞だった。誰も彼も、ジャイアンツの戦いぶりが、そんなに気になるのだろうか。

「すいません」

どきりとしたものの、結は素直に謝った。だが黒田は、不思議そうな顔になり、

「さっき、他の連中が隣のカフェに茶飲みに出かけたところなんだけど。俺、留守番な」

ヤブヘビだった。

「あ？　それとも君、既にどっかで休憩《きゅうけい》して来た？」

「す、すいませんっ。あの、新刊の売れ行きは――」

「べつに、悪いなんて言ってねえよ」

　黒田は面白そうに言う。

「みんな誰でも、自分の時間をうまいことやりくりして、働いたり、休んだりしてんだ。仕事に差し障《さわ》りのない程度に、息抜きもする。それでこその大人ってもんでしょ」

　お使いの途中にデザートを食うのが大人か。しかし、黒田が言うとそれなりに説得力がある。するると、円堂も時間をやりくりし、だいじょうぶと判断してホテルを出てきたのだろうか。

　暢気《のんき》な笑顔を思い出し、結はなるほどと思った。

「ま、とりあえず高梨《たかなし》の休憩はなしってことで。心配すんな。後で同じカフェに連れてってやるから」

「いや、その……」

　皆と一緒にお茶に行けなかったことは、比較的どうでもいいのだったが、黒田はなにか考え違いをしているようだ。

「……すいません、気を遣《つか》って頂いて」

　意思の疎通を諦め、結は頭を下げた。

「遣ってねえよ。俺が行きたいの」

え？　と結は面《おもて》を上げたが、既に黒田の顔は見出しのむこうへ消えている。

……無償《むしょう》の奉仕で留守番しているわけじゃない、ってことか。

訊きそびれた問いに自分で回答し、自分のデスクに戻った。


それにしても、なんでおじさんたちはこうも「フルーツパフェ」にこだわるのだろうか。

夜になってから、黒田が声をかけて来て、くだんのカフェへ随行《ずいこう》した結である。黒田は自分には夜食と称してピザとビールを、結の好みを問いもせず、「フルーツパフェ」と勝手に注文したのである。

それとも俺って、そんなキャラ？　来月二十歳にして大学生であるところの高梨結には、フルーツパフェが似合うというのが世間のイメージなのだろうか。

「ん？　なんか？」

黒田に問われ、結はいやなんでも、と答えた。甘いものは嫌いではないが、一日に二個のパフェを食べたいほどではない。

「どうだ、仕事は」

ラッキーストライクを咥え、黒田はこの間と同じことを訊いてくる。

「愉しいです」

それだけは事実だったので、結は迷わず即答した。

「愉しいか。そりゃよかった」

黒田は嬉しそうに煙を吐く。

「卒業したら、うちに就職してもいいってぐらい愉しい？」

「え、雇ってもらえるんですか？」

願ってもない言葉に、思わず身を乗り出してしまった。

黒田が爆笑する。

揶揄《からか》われただけだと知り、結はそんな自分が恥ずかしくなった。だからってなにも、そんなに笑わなくても。

「ひどいですよ、編集長。本気にするじゃないですか」

抗議すると、黒田はまだ喉の奥をくっくっ言わせながら、

「いやいや、決して莫迦にしたわけではない」

そこでふいに真面目な顔になった。

「俺も、夏休みだけでなく、高梨がずっとうちにいてくれたらいいなと思ってる」

言われて結は嬉しい。驚くやら喜ぶやらで、どうしていいか判らず、

「ありがとうございます」

とりあえず感謝した。

黒田はそんな結をじっと見ている。

なんか、いつもと違う雰囲気。結も真面目な顔を作って見つめ返した。

きまり悪そうに咳払いすると、

「まあ、俺に人事権なんかないんだけどね……」

黒田は灰皿に灰を落とす。

「はあ」

ヘンな間がある。

「高梨はあれだ、彼女いるのか？」

空気を変えようとしたか、黒田の矛先《ほこさき》は思わぬところに飛ぶ。

どきっとしたものの、結は、

「いません」

本当のところを答えた。

「またきっぱりと言うなあ」

「だって、いませんから」

「しかも愉しそうに言う」

「や、愉しいですから。彼女いなくても」

「好きな人はいないのか」

不意打ちのような問いに、防御するのが遅れた。思いっきり動揺している自分を感じつつ、

「まあ――」

「いるのか。いるだろうな、そりゃ」

まだ何だとも言わないうちから黒田はそう決めて、頷いている。

「……」

それもまた事実なので、否定はできない。

結はスプーンを持ち直した。感情が揺れ動くままに、パフェを攻略にかかる。てっぺんに載っているいちごを掬《すく》い、生クリームのついたそれを頬ばった。酸っぱくて甘い。次いで、ふち飾りについている縦半分に切ったイチゴを黙々と平らげる。

「また猛然と食い出したな」

黒田は呆れたように言い、ビールを口に運んでいる。

「で、片思いか？」

次いで落とされた質問に、結の手は止まった。

どちらかというと相思相愛。いやはっきりと両思い。だがそんなことを言ったら、今度は相手についていろいろ訊かれるだろう。

一瞬、黒田になら円堂のことを打ち明けてもいいかという考えが過《よ》ぎったのだが、すぐに消えた。うまが合うし、上司として信頼もしているが、まだ会って十日も経っていない。自分が

黒田に感じているシンパシーを、果たして相手も感じているのかという話だ。

恋の相手が男だなんて、やっぱ言えないよな。

アイスクリームにスプーンの先を突き立てながら、結はあいまいに首肯《しゅこう》した。

「ふーん」

黒田は、思うところがあるように視線を宙にさまよわせたが、結局何も言わず、そのまま他の話題へ移って行く。

ささやかな嘘を間に挟んだまま、結は黒田の話に頷いたり、質問したり、笑ったりした。

「好きな人」は、今頃ホテルの一室で原稿と格闘しているのだろうか。

5

「ユイー」

図書館を出たところで、聞き馴れた声が追いかけて来た。

借り出した資料を小脇に抱《かか》え、結《ゆい》は振り返った。矢島《やじま》が追いつくまで待ってやる。

「なにやってんの、お前」

「部室に三弦《さんげん》置きっぱだったから、取りに。そっちこそ、なんだ？」

矢島はキャラに似合わずというか、邦楽部に入っているのだ。肩に担《かつ》いだ細長い袋を見て、結は納得した。

「資料。法学のレポート」

「真面目だなあ。自分で書くんだ」

「普通、自分で書くだろ。ヤジは誰かに書いてもらうのか」

「いや。サークルの先輩が二年前に書いたのを見せてもらう」

「……」

「丸写しするわけじゃないよー。ただ参考にするだけだよ。お前もなんかサークル入ったら判るよ」

「なにが」

「真面目にやるなんて、莫迦《ばか》ばかしいってことが……いや、だから見せてもらうだけだって。お前だってほら、資料借りてるだろ」

無意識のうちに非難する目になっていたのか、矢島はやや焦って言い訳した。

「まあそんなことはいいとして……ちょうどいいや、ユイに連絡しようと思ってたんだ」

「俺に？」

「うん……あ、坐って話そうか」

木陰《こかげ》のベンチに並んで坐ると、矢島は、

「佐奈谷《さなたに》さんのことなんだけど」

と切り出した。

のっけからその名前で、結は身構える。と、矢島はがっかりしたような顔になった。

「そんなリアクションかー……じゃ、言ってもムダかな？」

「言ってみないと判んないんじゃない？」

「じゃ、言うけど、休みのうちに一度、海に行かないかって誘われたんだ」

「よかったじゃん」

「うん——ってそうじゃないだろ。ユイを誘ってくれって頼まれたんだよな」

「ずうずうしい女だな」

「ユイー」

矢島は佐奈谷の代わりに自分が傷ついたような顔をする。

「もちろん、そのままずばりを言われたわけじゃないよ。なんかさ——判るじゃん、あー、俺じゃなくてユイに声かけたんだなーってなことは」

「ますます失礼な女だ」

「そう言うなよ。彼女だって一所懸命なんだ。だいたいお前がさー、そうやっていつもむっつりしてっから、声かけづらいんだろ、佐奈谷さんだって」

「そう言われても」

「ユイ、ルックスはばっちりなんだから、もっと愛想よくしろよ。モテるぞ。モテたくもないんだろうけどさ」

「判ってんなら、言うなよ」

「そうなんだけどさ。もったいないなーって。ユイ、ほんとに女の子に興味ないんだもんなー。合コンの出席率も悪いし」

なんとなくぎくりとした。今にも、「男には興味あるわけ？」とかなんとか言い出しそうだ。矢島は冗談のつもりなのだが、結的には図星の、その一言。

「な、ないわけじゃないけどさ」

で、結は心にもない言葉を口にすることになる。

「けど？」

「……なんか、そういうのは、まだいいかな、っていうか」

「まだって、お前、何歳だよ」

「来月二十歳……歳は関係ないだろ、このさい」

「二十歳なら普通に彼女ぐらい欲しくないか？」

「お前だって彼女いないじゃん」

「うっ。言ってはならんことを」

矢島は胸を押さえた。先月、同じサークルの三年生と別れたばかりだ。年上の彼女に、矢島はいつも振り回されていたのだが、とうとう棄《す》てられてしまったらしい。矢島のためにはそのほうがいい、と結は鬼のような感想を抱《いだ》いたのだが。いくら美人だろうが、男心を弄《もてあそ》ぶような悪女とは早めに縁を切って正解だ。

……こういうところが、年齢を問われるゆえんだろうか。こと恋愛に関しては、盲目に等しい結だ。円堂《えんどう》に恋をして以来、他の人間にときめきを感じたことさえない。同じ年頃の奴らからしたら、修行僧みたいに見えるのだろう。

「いいもんね。今度は年下狙《ねら》うから。あー、女子高生とつきあいたいなー」

矢島は夢見るような表情で呟く。

それから我に返ったように、

「っていうか、海の話、じゃあ行かないってこと？」

「悪いけど」

結の頭には、三年前、円堂とじゃれ合った海辺が浮かんでいる。こんな時に非情な、と言われても、海と聞いて浮かぶのは、あの、どこまでも青い空と、それを映した海の色、飛び交う水風船と砂の熱さだ。

「まあ、その気もないのに行って、ヘンに期待させるのもなんだしな……佐奈谷さん、いいんじゃない？　と俺は思うわけだが」

「じゃあ、お前がつきあえよ」

「言うと思ったよ……ま、いいよ。最初っから、ユイは来ないと思うって言ってあるから」

さすがにつきあいが長いだけあって、結の性格を知りつくしている。矢島は、ほいほい安請《やすう》け合いして来たわけではないらしい。

「断っとく。……しかし、佐奈谷さんNGか。ユイが好きになるのって、どんな子なんだろうなあ」

矢島は、承服しかねるという顔でひとりごちている。

編集長といい、矢島といい、なんでみんなそんなに俺の恋愛に興味を示すんだ。そんなに誰かと俺をくっつけたいのか。

結は思う。もちろん、胸にあるのは円堂のことである。今日中に脱稿できそうだというメールが今朝の五時に来ていた。二人でゆっくり過ごせる時間が、そう遠くない未来に巡《めぐ》って来そうだ。そうしたら、最初のデートはどこにしよう……。

そのシチュエーションを追ううち、次第に想像は深いところに広がりはじめる。円堂に抱かれた時のことが蘇《よみがえ》り、身体が熱くなる。

ただ好きなだけではなく、セックスを知ってしまうと、心と一緒に身体まで反応するようになるのか。それとも俺がエッチなのか。……考えると、顔を蔽《おお》ってしまいたくなるような羞恥《しゅうち》に見舞われる……。

「ユイ、ユイってば」

肘《ひじ》をつつかれ、結ははっと我に返った。

矢島は、怪訝《けげん》な顔でこちらを見ている。

「な、なに?」

「時間あるなら、どっかでなんか飲もうかと思ったんだけど」

「あ、悪い。俺、これからバイトなんだ」

「例の出版社? 遅いんだな。編集補助ってなにやるの」

「雑用。みんなの丁稚《でっち》だよ」

「そうっかー……彼女できたら、俺に言えよ？」

「真っ先に紹介する」

たぶんできないけど、と胸の中でつけ加え、結は立ち上がった。


「おはようございまー……」

いつものように編集部に足を踏み入れようとし、結ははっとした。

接客用のテーブルに、見憶《みおぼ》えのある背中。

円堂が、来ている。

「おう」

その向かい側に坐っていた黒田《くろだ》が、気づいて手を上げる。

背中が動いて、円堂がこちらを見た。

「……どうも、お疲れさまです」

なんでいるのか、原稿はどうなったのか、また「息抜き」なのか、さまざまな疑問を頭に浮かべながら、結は編集部内で誰かに出会った時に言うことになっている、決まり文句を口にした。

「お邪魔してます」

円堂は、澄ました顔で頭を下げる。

「こないだは、どうも失礼しました」

「い、いや……こっちこそ。ごちそうさまでした」

黒田が不思議そうな顔でぎこちなく会話を交わす二人を見ている。はっと気づく。円堂の言っている「こないだ」は原稿を取りに行った時のことを指したのだと。仕事中の結と、ホテルを抜け出した円堂が一緒にカフェにいたことは当人たち以外、知らない。

「いや、げ、原稿をどうもありがとうございました」

言い直す。円堂がにやりと笑った。あ、なんか厭《いや》な予感。

「お腹すいてんの？」

案の定、揶揄《からか》われる。笑顔が引き攣《つ》るのを感じたが、円堂ときたらそこをつついて遊ぶ気らしい。

「クロさん、彼、連れ出していいですか。ずいぶん腹減ってるみたいだから」

「どうぞどうぞ……と言いたいところだけど、まだ打ち合わせ中ね。高梨《たかなし》、コーヒー二つ」

円堂と黒田の前にはそれぞれホルダーつきの紙コップが置いてある。中は空《から》だ。淹《い》れ直せということだろう。

フロアの中ほどにあるキャビネットの前で、コーヒーを紙コップに注ぎながらテーブルのほうを窺《うかが》う。黒田と円堂は、結が入る前にしていた話の続きをしているようだ。『風煤《ふうばい》』がどうの、と聞こえてくる。円堂は身振りを交えて熱心に語っている。

創明社《そうめいしゃ》創立五十周年を記念して、来年の初めから大物作家による書き下ろしのミステリが発行されることになっている。――と曽根《そね》が前に教えてくれた。錚々《そうそう》たる面々の中には、鮎基一郎《あゆきいちろう》も入っている。その打ち合わせでもしているのだろうか。

　見ていると、視線が巡《めぐ》ってこちらを捉《とら》えた。結が見ていることに、円堂も気づく。視線が逸れ、振り上げていた腕をそのまま組んだ。

「高梨、これコピーお願い。五部ね」

コーヒーを出し終えると、早々に新しい仕事がやって来た。プリントアウトされた原稿の束《たば》がどかっと腕に乗せられる。

「――鮎先生……は、なんでここにいらっしゃるんですか」

受け渡しの時に、小声で訊ねる。

「五十周年記念シリーズの打ち合わせだろう。缶詰明けで、ホテルからそのままこっちに来られたそうだ」

なるほどと納得した。

すると、原稿は無事、書き上がったのか。

原稿明け。しばしの休み。だらだら――デート。

コピーを取りながら、結はさっき考えたのと同じことを思った。これで少しは――ほんの少していいのだが――自分といる時間が円堂にはできるだろう。

どこかに――できれば海に、だが、行きたい。でも、どこにも連れて行ってもらえなくてもいい。恋人同士らしい時間があれば。

それってつまり、あんなこととかこんなことをしたいってことだよな……浮かんだ、はしたない想像に我ながらぎょっとする。

いかんいかん。結は頭の中からピンク色の画像を締め出した。仕事中。よけいなことを考えず、与えられた使命をまっとうしなければ。

言われたとおりにコピーをとり、一部ずつ右肩をダブルクリップで留めていると、打ち合わせを終えたらしい円堂と黒田が連れ立って、結のいる廊下に出て来た。

「高梨ー。メシ食いに行くか」

声をかけられ、結は顔を上げた。

「あ、はい。……これ、やっちゃってから」

「そう。じゃ、こないだと同じとこにいるから、来な」

エレベーターがやって来て、二人を連れ去る。結は残りの紙束を慎重に綴《と》じ、フロアへ戻った。

円堂たちは、座敷にいた。ほんの二分ぐらいの差なのに、ビールのジョッキが二つ、早くも空いている。

靴を脱ぎ、上がろうとしてふと思った。どこに坐ればいいのだろう。

向かい合って坐っている二人の、どちらかの隣だ。普通に考えて、一度しか会ったことのない人間の横というのは常識的なポジショニングではないだろう。しかし、黒田の隣で、正面から円堂に見つめられて、それでも知らんふりを通すことができるかどうか、自信がない……。

「？　なにやってんの、お前」

迷っている結を振り返り、黒田は呆れたような顔で言う。

円堂はこちらを見ている。さりげない仕種で、黒田の隣を示した。

指示通り、黒田の横に坐る。黒田は何も気づいていない。店員を呼んで、

「すだちサワー？」

こちらを見るので、結は頷いた。

「へえ。君、飲めるの」

「はい。来月二十歳です」

「飲むなよ！　ってか」

前にもこんな会話をしたように思う。烈《はげ》しい既視感に捉われつつ、結はへへ、と笑った。

「すごい飲むの？」

「そうでもない。せいぜい、サワー二杯でご機嫌ってとこ」

黒田が結の科白《セリフ》を奪う。円堂の顔が、ちょっと険しくなる。

「せ、先生は、よく飲まれるんですか？」

結は周章《あわ》てて、話題を移した。

「おう。飲むも何も、底なしだよ」

黒田は、円堂の科白もさらった。

「クロさんには言われたくないっすよー」

「つまり、二人とも、酒豪なんですね」

結は納得した。黒田は、

「いや、俺は鮎さんほどじゃないから」

「またまた。俺のほうこそ、クロさんがつぶれたの見たことないですよ？」

「そりゃあ、節度を保つよう心がけていますから」

「接待酒しか飲んでないってことですね？　仕事抜きで飲んで下さいよ、せめて今日ぐらいは」

「いやいや。これからまた社に戻るんで」

飄々《ひょうひょう》と躱《かわ》し、黒田はジョッキを干す。

「ちぇ。せっかくの祝い酒なんだけどな」

「なにかあったんですか？」

結が訊くと、黒田が、

「長篇の新作を、今日脱稿されたんだよ」

教える。

「なんと千八百枚。残念ながら、我が社で出す本じゃないんだけどね」

「はは。すいません。三年越しの約束なんで」

「うちとの約束も、じゃあ守って下さいますよね」

「……こないだ出したばっかじゃないですか」

「三年前の約束を守ってもらっただけです。一昨年のはまだ。それにしても三年前の鮎さんは、いろんな会社と約束してたみたいですね。うちの連載は、いつ一冊にまとまりますかね」

「苛《いじ》めないで下さいよ、クロさん。めでたい酒なんだから」

「千八百枚って、一つの話がそんなに長いんですか？」

結は興味を持って訊ねた。鮎基一郎の作品は、身近な小ネタを、エッジの効いたトリックを用いてきれいにまとめましたという印象がある。どちらかといえば短篇に持ち味が出る作家だと思っていた。

「今日び、千八百なんて長大なうちに入らないだろうけどね」

円堂もビールを飲み干した。

「クロさん、例のやつ、いい？」

「ボトルですね。今日あたり空になるんじゃないかな……ロックで、レモン入れますか」

「今日はすだちにしようかな」

ちょうど焼き物を運んで来た店員に、黒田が焼酎《しょうちゅう》、と注文する。

「最近は、なんかこう、重箱みたいな厚さの本ばっかりですからね。しかも上・下巻になってたりして。特にミステリは軒並《のきな》み何千枚クラスでしょう」

円堂──鮎基一郎が話を戻す。

「長けりゃいいってもんじゃないと思いますけどね。お前はもっと簡潔にこの話をまとめられなかったのかと」

「お、いいんすか。出す側からの、過激なご意見」

「そりゃあ、会社としては厚けりゃ厚いほど定価が高くなってありがたいんですけどね。必要ならいいんだよ、この話は、どうしても三千枚ないと語れないっていうんなら、三千枚書いてくれて結構。でも、中には無駄にだらだら続くようなのがあるからな。脇役のキャラまで立てたり、本文に関係ない蘊蓄《うんちく》がダダ流しになってたり──昔のミステリは、もっとすっきりさっぱりまとまっていたような記憶があるんだが。三大作品ぐらいでしょう、長いのは」

「三大作品かあ。『虚無』はともかく、『黒死館』は読みづらかったなあ」

結にはよく判らない話だ。黙って砂ならぬ砂肝《すなぎも》を嚙む。肉汁がじゅわっと広がってうまい。

「やっぱ、ワープロの普及だと思うんですよね。削ったり足したり、表現を置き換えたり。手書きの原稿だと面倒な作業を、キー一つ叩けば機械がしてくれるんですから。それに、今なんか特にインターネットが発達してるから、書きながらちょっと調べ物したりってできる。せっかく調べたんだからって、情報全部詰め込んだり。そうこうするうちに、何千枚ってなってるんじゃないのかなあ」

円堂は言った後、

「あ、俺の千八百枚は、そんなんじゃないすから。蘊蓄はゼロですから」

付け加えた。

「必然の千八百枚ですね。愉しみに読ませて頂きますよ」

「いや、必然とか言われてしまうとちょっと心もとないなあ……途中で投げられるかもしれない……」

「なにを弱気な。鮎基一郎ともあろう者、もっと自信を持って下さいよ。……まあ、投げたくなろうが他社の本だから、俺はかまわないけどね」

「うわ、自己チュー。さすがっすね」

結は噴き出してしまった。存在を思い出させようというような意図はまったくなかったのだったが、

「ごめんね。おじさんたち、わけ判んなかったよね」

黒田が笑って言う。

「忘れてたわけじゃないんだけどね」

あやすように頭をぽんぽん叩かれた。

円堂の表情がまた剣呑《けんのん》になる。

「い、いや。俺ならいいですから。どうぞ、ごゆっくりご歓談下さい」

結は周章てた。グラスを取り上げ、残っていたサワーを一気に飲み干す。

「おお。見事な飲みっぷりだ。もう一杯飲んどく？」

火照《ほて》った頰をふうと膨《ふく》らませ、結は頷いた。

「そういえば、高梨は鮎さんのファンだったよな」

黒田は思い出したように言う。

「えっ」

「あれ、違うの？　……鮎さん、こいつ面接の時、好きなミステリ作家を訊いたら間髪入れずに鮎碁一郎！　っつって、その後一人も作家の名前が出て来ないんですよ」

「そ、それは――」

「で、おおかた階下で、飾ってある『風煤』見て来たんだろうなって見当つけたんだけど、違うらしいんだな、これが……なあ、高梨。ほんとのところはどうなのよ？　あの話」

「……」

「そりゃ光栄だなあ」

円堂はにやにやしながら言う。

「しかもこんな可愛い子ちゃんだし。おネエちゃんじゃないのが残念です」

「俺は、べつに残念じゃないぞ？」

「えっ」

今度は円堂が驚いた顔になった。

結もどきっとして黒田を横目に見る。特に意味はない発言なのか、言い逃げでもう煙草《たばこ》を咥《くわ》えている。ラッキーストライク。円堂と同じ煙草。

「――よかったです」

なにが「よかった」のかはさっぱり判らないながら、結はとりあえずそう言った。

「よかったね。残念じゃない人がいて」

円堂はちょっと気を悪くしたように言い、それから手を差し伸べてくる。

「とりあえずじゃあ、握手でもしときますか」

顔が熱くなった。結はうつむき、うつむいたまま差し出された手を握った。

「こらこら。握手するのにそっぽ向いてる奴があるか。それとも、憧れの鮎先生の前で緊張しちゃった？」

「それはないでしょう。こないだすごい形相《ぎょうそう》で原稿取り立てに来ましたから……いや、あの厳しさも、実は俺に寄せる愛の深さゆえ、だったのかな」

どうして円堂は、こんなになんでもないふうにそんな大事なことを口にしたりできるのだろう。

こんな場面で……結はますますもって、リアクションに窮《きゅう》した。

「いや、むしろ俺に対する忠誠心の厚さゆえだったんじゃないのかな」

黒田が何も知らずにまぜっかえす。

「はは。クロさん、いい男だから」

「なんだよまたモテちまったなー……って、どうせ三十四歳独身恋人ナシだよ」

「俺も三十代独身恋人ナシっすよー？」

「負け犬ですな」

結は上目に円堂を睨んだ。「恋人なし」なんて……そりゃあ、本当のところをこんな場で暴露する必要など全然ないが、こんなふうに目の前であっさり言われると傷つく。

ほんとうは——ほんとうは、俺のこと恋人だとも思ってなくて……。

三年もはなれていて、再会できたのも自分が動いたからで、その間迎えに来ようと思えば来れたのに、円堂はそうしなかった。「迎えに行く」と言ったくせに。せっかく再会したというのに、まだキスもしていない。今日まで円堂はそれどころじゃなかったのだろうし、結を思ってくれている気持ちは、間接的にだが伝わって来る——と思っていた。

思い違いなのだろうか？

「鮎さんは好きで一人なんでしょうが。俺なんか、万年空席アリ状態だよ」

「またまたあ。クロさんモテモテじゃないすか。六本木《ろっぽんぎ》とか赤坂《あかさか》とか銀座《ぎんざ》のギャルに。一人に決められないだけでしょうが」

「おネエちゃんにモテてもなあ。恋人ってのはまた別物だからな」

「ほらほら。そうやって区別してる。キャバ嬢だって、立派な恋愛対象ですよ」

「そうか……傍目《はため》にはそう見えるのか……」

黒田はなんともいえない表情でやたら煙を吐いている。

「そういや、高梨は切ない片思い中だったっけな」

思い出さないで欲しかった、そんなこと。結は三杯目のサワーに口をつけた。

「へえ？」

案の定、円堂の目が怪しげに耿《ひか》る。

「彼女はおらんのだけど、好きな人はいるんだってさ。今どき珍しい純情青年。実りのない恋にうつつをぬかしていられるのも、若さかなあ。来月二十歳」

「好きな人、いるんだ？」

円堂はおかしそうな目つきでこちらに笑いかけてくる。

「……」

結はひたすらサワーを飲む。円堂に誘われたって、ここで綱渡りの芝居などするつもりにはなれない。何も知らない黒田を、二人して揶揄うようなまねはしたくないのだ。
そこから――そこからは実はよく憶えていない。

目を開けると、馴染みのない天井が視界に入った。

「?」

とっさには事情が飲み込めない。再び目を閉じる。身体がぐら一んと一回転するようなあの感覚と、めまぐるしく記憶を遡《さかのぼ》る脳。

「――っ!」

結は飛び起きた。とたんに、

「うっ」

酸っぱいものがこみ上げてきて、胸を押さえて呻《うめ》くことになる。

「起きたか」

目を上げると、円堂が立っていた。

「だいじょうぶ? 水もっと飲む?」

「……ここは……俺、いったい……」

「ん? 俺の家。君は酔いつぶれて、俺がここに連れて来た」

「黒田さん……編集長は」

「帰ったよ？　そりゃ帰るだろうが。なに、ユイ、クロさんのほうがよかったわけ？　引き取り先」

「そ、そういうわけじゃ……う。それより」

結はグラスを受け取り、冷たい水を一気に飲み干した。

「引き取り先があんたって、疑われなかった？」

喉を潤《うるお》してから後半分を言う。

「方向が一緒だから送るって言ったから。タクシーに乗せる時は二人がかりだったけど。お前マグロでぴくりとも動かないし」

「え……っ。タクシーで来たの？」

「やれやれ。本当になんにも憶えちゃいないんだな」

円堂は呆れたように肩を竦《すく》めている。

「……。俺、なんかまずいこととか……」

「言ってたねー。曽根ブスとか浜崎《はまさき》うざい消えろ、桜庭《さくらば》つまんねえんだよボケとかあといろいろ……あと編集長イボ痔とか」

全身から血の気が引いていくのを感じた。そ、そんなこと……思ったこともないのに、人は酔うと頭にないことまで口に出してしまうのだろうか。イボ痔、って……黒田が痔主であるかどうかも知らないというのに。

「嘘だよ」

絶句したきり目を見開いている結に、円堂は少し疚《やま》しそうな顔になった。

「そんなこと言うわけないだろうが、普通。なんで信じるかねえ……ってうわっ」

クッションを叩きつけられて、円堂は後ろに跳びすさった。

「なんでそんな、しょうもない嘘つくんだよ！」

威勢よく怒鳴った後、俄《にわ》かに吐き気に見舞われる。

「う……」

「吐きそう？　吐く？」

頷くと、円堂は力の出ない結の腋《わき》の下に両手を入れ、トイレの前までずるずると引きずっていってくれた。

便器を抱え、ひとしきり胸のむかつきをぶちまける。

手洗い用の水でうがいをして出る。トイレの前で、円堂は腕を組んでいる。

「……サワー四杯でねえ」

しみじみ言われると、よけい情けなくなった。

「弱いなら弱いって言っておかないと」

「知らなかったもの……二杯まで飲んだことしかなかったし……自分の限界がどこかなんて」

「じゃ、これからは二杯までな」

「……もう酒飲まない」

円堂は朗らかに笑う。健康的なその声が怨《うら》めしい。

俺はこんなに気分が悪いのに……見上げた顔がふいに真面目な表情になり、

「びっくりした。いきなり畳《たたみ》の上にごろんって転がるから。クロさんなんか、何かの発作じゃないかって一一九番するところだったよ。そんな持病はないはずだって、言うわけにもいかないしね」

「ごめん……ていうか、そもそもあんたがヘンなこと言い出すからじゃんか」

むかつきが少しおさまると、転がる前のことがじょじょに思い出されてきた。結はキッと円堂を睨んだ。

「ヘンなこと？」

「……可愛い、とかさ。なんだよ握手って」

「だって可愛いかったんだもん」

「……」

「ちょっとでも触れてみたかったんだよ、ユイに——嘘だけど、ってやめろやめろ、こら」

結の攻撃を間一髪のところで躱《かわ》し、円堂はリビングのほうに逃げた。

「いやほんと。俺だって困ってたんだぜ？　実は初対面じゃありませんでしたとか、今さら言うのもなんだしさ。ユイ、俺のことクロさんに言ってないんだろ？」

「そうだけど……」

「いっそ最初っからカミングアウトしたほうがよかったかもな。アユキチとは昔馴染みでコネがあるからこの俺を雇え！　とかさ」

「……そんなわけに行くか」

と言ったが、結は内心では円堂の言うとおりだと思っていた。志望動機を問われた時に、知り合いが作家なので、とでも言っておけば問題なかったのかもしれない。初めて会いましたなんて顔をしていたのが悪かったのだ。

「そもそも、なんでよりにもよってトリック編集部なんかでバイトすることになったわけ？」

「大学の掲示板に……募集のお知らせが貼ってあったから……」

「いや、だからなんで志願したの？」

「……会いに来なかったじゃんか」

「え？」

「大人になったらまた会えるって言ってたけど、あんたは来なかったじゃんか」

「ユイ」

「あんなふうに言われたら、来るまで待とうと思うよ。俺はあんたの居所なんか知らないけど、あんたは俺がどこにいるか知ってるんだから、そっちから来るのが普通だろ？　俺、来月二十歳だよ？　大人になったんだよ？　迎えにくるって言ってたくせに」

「俺は……」

円堂はなにか言いかけたが、思い直したように、

「ごめん」

とだけ謝った。

それはそれで、よけいに哀しい。結はうつむき、フローリングの木目を視線でなぞる。

「いいよ、もう」

顔を上げた。思ったとおり困ったような表情の円堂を睨む。

「結局は会ったんだし。あんたのほうは、あんまり会いたくなかったみたいだけど！」

「ちょ、ちょっと、ちょっと待てよ。なんでいきなり、そんな話になるわけ？」

当惑げながらも、円堂は口を挟んだ。

「俺、ユイに会いたくなかったなんて言ったか？　あそこでバイトしてんのが不思議だったから、経緯《けいい》を訊いただけだろ。会いたくなかったなんて言ってない」

「じゃ、なんで会いに来なかったんだよ。三年も放置して」

「それは……ああ言った手前、あんまりすぐに再登場するのもなんか……というか」

「忘れてたんだ？」

「そうじゃない！」

いきなり大声で怒鳴られ、結はびくっとした。

「もう、だからなんでそんな話になるんだよ？　俺の気持ちなら、変わってないから」

円堂の目が、こちらをじっと見つめている。

そこに嘘の色など見つけられなくて、結は自分の猜疑心《さいぎしん》を恥じた。

円堂ばかりを責められない。自分のほうだって、この三年、会いたいと思っていながら自分からは動かなかった。今すぐ会いたい、死ぬほど会いたいと本当に思っているなら、方法はいくらでもあった。ファンレターを装って出版社に手紙を出す、住んでいるところをつきとめて家に押しかける、サイン会の客にまぎれる……。

どれもしなかったのは、怖かったからだ。円堂はもう自分のことなどすっかり忘れていて、気ままに愉しく生活しているかもしれないと思うと、いたたまれなかった。

大学の掲示板でアルバイト募集の紙を見なければ、今も再会は果たせていなかったのだ。

臆病な自分が情けない。

しかし、そんな結に円堂は、「気持ちは変わらない」と言った。

変わらないというのは——それは、

「今でも……」

「好きだよ？」

結は目を瞬《しばたた》かせた。円堂は身を屈《かが》め、ゆっくり顔を近づけてくる。唇が触れ合った。その熱を感じると、不安だったことや疑ったことなど、どうでもよくなる。結は夢中で、円堂の唇を吸った。

微《かす》かな気配がして、円堂が床に下りる。背中を抱きしめる腕に力が入り、そのまま床に倒された時――。

「――っ」

結は円堂を突き飛ばし、口を押さえた。

「ユイ？」

「うぐ……吐く……」

張り詰めていた空気が一気に弛緩《しかん》し、円堂は情けなさそうな顔で、

「吐いて下さいよ、気のすむまで」

再び結をトイレまで運搬したのだった。

6

「高梨《たかなし》、今日残れる？」

とんだ失態をしでかした夜から二日後、いつものようにデスクで黙々とファンレターの仕分けをしていた結《ゆい》に、黒田《くろだ》が声をかけてきた。

「あ、はい。だいじょうぶです」

結が返事をすると、黒田は笑顔で、

「じゃ、頼んじゃおうかな。エクセルできるな？」

「月刊トリック」の校了が近づいて来て、編集部の空気は緊迫している。ふだんは暢気《のんき》な面々が、やけにシリアスな顔でそれぞれの仕事に励んでおり、よけいな言葉を発する者はいない。

だというのに、黒田だけは余裕のある様子だ。いつものように飄々《ひょうひょう》としたたたずまいで結を手招きする。

頼まれた仕事の資料を受け取り、ついでなのでみんなにコーヒーをふるまうことにする。

「お、サンキュ」

紙コップをデスクに置くと、黒田はにっこりしたが、浜崎《はまさき》などは顔も上げない。最後に曽根《そね》に配り、自分の分を持ってデスクに戻る。二分ほどしてから、

「ありがと」

向かいで、曽根が顔を上げていた。

「あ、いや……」

「って、遅いか。ごめんね、かまってあげられなくて」

「そ、そんな。かまわなくていいですよ」

気遣《きづか》われるような立場でもないのに、詫びられても困る。結は手を振ったが、

「高梨君、気がつく人でよかった。いちおう女なんだから、お茶のサービスぐらい、私がやるべきなのよね……」

曽根は目を伏せる。

「いやそんな。俺はどうせヒマだし、皆さんの用事を言いつかるのが仕事ですから」

「そこ、無駄口をきかない」

なおも言おうとすると、黒田からチェックが入った。

曽根は肩を竦《すく》め、人差し指を唇にあてる。

しばらくしてから立ち上がり、結の耳元で、

「高梨君が来てから、黒田さん皆勤賞よね」

囁いて去った。

それはどういう意味なんだろうと結は頭をひねった。たしかに、このところ黒田は午後には出社してくる。それが普通なのだといえばそうだが、昼間から雀荘《ジャンそう》やマンガ喫茶に入り浸《びた》り、五時前に編集部にいたことがないという伝説の男にしては立派なものだ。

はじめ結はそのルーズさに呆れたが、次第に理解してきた。作家というのは夜型の人種で、朝十時などには決して連絡がつかない。もちろん例外もあるが、ほとんどの作家が編集部が機能し出す時間帯に起きるというわけで、仕事相手が寝ている間にすませる用事などはほんの少ししかない。

よって、二時出勤でも早いくらいで、その代わり夜遅くまで働かねばならない。今日は居残りということは、帰りは二時過ぎぐらいになるのだろうか――夜中の。

これじゃ、ろくにデートもできないよな。

結は内心、ため息を吐《つ》いた。この間円堂《えんどう》の家に泊まったが、吐き気と頭痛に悩まされ、ようやく落ち着いたのが朝の五時前。円堂はそのままベッドに入ってしまい、結は始発の電車で家に帰った。

一晩中一緒にいたが、なにもしなかったわけだ。キスはしたけど――唇を重ねただけ。

そちらのほうの失地も、早く回復したいものだと思いながら、結はノートパソコンを起《た》ち上げた。

案の定というか、仕事は次から次へと発生し、パソコンに向かう時間がない。

最後の原稿を届けて、印刷所から戻ると、編集部には黒田一人になっていた。

「おう。夜食行くか」

デスクの上に足を乗せて腕を組んでいた黒田が、結に気づいて椅子に坐り直した。

「黒田さん。まだなんか仕事があるんですか？」

「電話待ち。相手は地球の反対側だから、当分かかって来ねえな」

黒田の様子では、さほど急ぐわけでもなさそうだった。

しかし、結には残された表作成の仕事がある。

パソコンのほうをちらりと見やると、黒田は思い出したように、

「そうか。それがあったんだっけな——じゃ、俺なんか買って来るわ」

立ち上がった。

「そんな、いいですよー」

結は周章《あわ》てたが、その時正直な腹がぐうと鳴る。

「……」

黒田ははははと笑うと結の肩をぽんと叩き、

「ケンタでいい？　高梨、フィレサンド好きだったよな」

返事も聞かずにフロアを出て行った。

気を遣わせたかなあ……昼間の曽根のことを思い出し、結は心配になった。俺なんてしがないただのバイトなのに。

しがないならしがないなりに仕事を進めようと、デスクに着いた。作成中の表を呼び出し、数値を設定していく。

表がなんとか出来上がり、後はデータを入力するだけになる。渡された資料を見ながら、結は作家名と作品名、記された数字を次々と打ち込んでいった。なんの数字なのかは、よく判らない。

やがてフロアに、フライドポテトのいい香りが流れてきた。

「ただいまー」

黒田が入って来る。

「ポテトつきですか？」

「当然」

黒田はそのまま結の隣の空き机に腰を落ち着ける。どさ、とビニール袋を置いた。

「いただきます」

結はフィレサンドに齧《かじ》りついた。空いたほうの手でマウスを動かし、作家名のところにカーソルを合わせる。

「高梨よお、メシの時ぐらいは仕事休んでいいんだぞ？」

「あ、はい。でもこのページだけは……あ、黒田さん、この『本田元爾《ほんだもとじ》』の『爾』が出ないんですけど、辞書どこなんですか」

「なんだよ、そんな君は、一太郎《いちたろう》者なのか？」

言いながら、黒田が結のすぐ横にしゃがむ。左手で結の椅子の背を摑《つか》み、中腰の体勢を支えた。

「あ、はい。ワードって初めてなんです」

「ダメだなあ。時代は今、ワードよ？　これはだな、ここを……」

結の手の上に自分の手を重ね、マウスを動かす。掌《てのひら》から伝わる黒田の体温。結は一瞬、その長い指に見とれた。

すぐに我に返り、さりげなくマウスを離した。結が手を引き抜くと、黒田はちらりとこちらを見たが、なんでもなさそうにそのまま「爾」を出す。

「単語登録、しとく？」

上目に窺《うかが》われ、結は、

「は、はい」

なんでどきどきなんてしているのだろうと思う。べつに黒田さんとはなんでもない。だが、その手が似ている。

似ているのだ、円堂と。大きくて温かい掌と長い指。

そういえば、黒田の左腕は、背凭《せもた》れ越しに結の肩に回されているのだった。あらためてそのことに気づき、結ははっとした。

「高梨はさー」

だが、黒田はそんなことには気づいてもいないという顔で、いつもの飄々とした口調で話しかけてくる。

「冬休みはどうすんの？」

「えっ」

そんな先のこと、考えてもいない。夏休みだってまだ終わっていないのだ。

「もしよかったら、またうちで働かない？　時給据え置きだけど」

「い、いいんですか？　俺で」

「いいんだよ君で。つうか、俺は高梨がいい」

どきりとした。その言葉の意味は、どういうことだろうか。

結は横目に黒田を見た。黒田は愉《たの》しそうないつもの顔でこちらを見ている。

その表情に、結が今感じたような思いが含まれているのかは、判らなかった。

「……また雇ってもらえるんなら、俺はいいですけど」

「それはよかった」

背凭れ越しに背中を抱く腕に、力が入ったように思えるのは、気のせいだろうか。

「できれば九月からも来て欲しいんだけどね。高梨、よく働くし」

「そ、そんな……俺なんて」

「役に立ってないと思う？　俺はかなり助かったんだけど。鮎《あゆ》先生の件とかさ」

「……ありがとうございます……」

その名を聞くと、落ち着かないものを感じたが、結はせいいっぱいの平静さでもって答えた。

「高梨が来てくれてよかった」

黒田はにっこりした。

「は、はい」

「実は面接で顔見た瞬間から決めてたんだ」

「……え？」

結は目をぱちくりさせる。

「どういうことですか」

「どういうって、そりゃこういうことだろ」

遂に背凭れから結の背に、黒田の腕が移動した。

肩を抱き寄せられ、結は、

「え、ち、ちょっと……っ」

周章てて身を退《ひ》こうとする。

追ってくるかと思ったが、黒田はするりと結を逃がして、なお余裕のある表情だ。

結は困惑した。黒田が言うのだから、「そういうこと」なのだろう。しかし、告白されたという気はしない。どちらかというと、揶揄《からか》われたとかその類《たぐい》。黒田は特にふざけているようでないのに、なんでそんなふうに思うのだろう。たしかにいい男だが、結の心は黒田にはない。

そして、惑わされるのも厭《いや》だった。

「困ります、『そういうこと』は」

なるたけ平静を努めながら言う。

「困るかー。そうか。残念だ」

言いつつ黒田は、気落ちしたふうでもない。煙草《たばこ》を取り出した。立ち上がる。

「それは、やっぱ他に好きな人がいるから？」

「……はい」

「そっかー」

黒田はラッキーストライクを咥《くわ》えた。

長い煙が一筋、昏《くら》くなったフロアの天井に昇って行く。

「そんなに円堂が好き？」

「はい……いや、や、って……そのっ」

ついつられてしまった。鮎基一郎《きいちろう》ではなく円堂と言われて、鎧《よろ》う暇もなかった。

自ら暴露してしまった秘密に、ひとりあたふたする結を、黒田は咥え煙草で面白そうに見ている。

「やっぱり」

で、言った。

「やっぱりそうだったか」

と。

「俺は……いや、そんなこと……っていうか、やっぱり、ってなんで」

「なんでって、そんなの見てれば判るよ」

「そ、そんな……」

うまく胡麻化《ごまか》してきたつもりだったのに。

「ずっと高梨を見てたから、高梨がどこを見ているか、すぐに判った」

黒田の声に初めて感傷が混じった。結は呆然と、その整った顔を見上げていた。

「……それはやっぱ、焼き鳥屋で――」

「いやその前から」

黒田は涼しい顔で、

「原稿とってきたあたりから、おや？　と思ってな。いや、最初面接でアユキチの名前だけぱっと答えた時から、おかしいなとは思ってたんだ。君、ミステリなんてあんまり読まないでしょ。鮎センセの以外」

「そ……」

そんなことでばれるとは思わなかった。結は絶句する。

「それでね、他は読まないのにアユキチだけ読むっつうのは、ひょっとして知り合いか？　と推理」

「……俺にはそんなこと、言わなかったじゃないですか」

一階に飾ってある鮎基一郎の本を見ていたので、とっさにその名前が出たのでは——黒田の「推理」はそういう結論だったはずだ。

「あれはね。初対面の人に、君、鮎基一郎とどういう関係？　なんて訊けないでしょ」

「そんな……」

結はうなだれた。まるきり叱られた小学生だ。

「つうかまあ、君が帰ってからあれこれ考えたんだけどね。そしたら君、落ちるはずの原稿はとってくるし、俺の知らないところで会ってたらしいし」

黒田は煙を吐いた。

「……」

「で、訊いてみたら、本当に君らは恋人同士だったたってわけ」

「や、その。俺はたしかに円堂さんを好きですが、円堂さんのほうは――」

「君をずいぶん大切にしてるよね。見る目で判った」

せめて円堂のほうの疑惑だけでも晴らしておこうとしたつもりが、まるで効果がない。黒田は、本当になにもかも見通しているらしい。

沈黙。

もはや弁明もできず、さりとて話題を転換させるほどの勇気も余裕もなく、結は黙り込むしかない。

「まあ――そんなわけだ。玉砕」

「黒田さん……」

「それ、べつに急ぎじゃないから、今日はもう帰っていいよ？」

黒田は、パソコンを顎《あご》で指し示した。

「というか、全然重要じゃないから。べつに、あってもなくてもいいんだ、そんなの」

惚《とぼ》けた口調で続けられ、結は、

「じ、じゃあなんでいったい――」

「二人きりにならなきゃ、迫るチャンスもないでしょ？」

言いつつ、本当にそんな「チャンス」を狙っていたのだか。ポーカーフェイスは、その仮面の下に隠された心を現しはしない。

それはきっと、黒田にとって本当に大切な誰かにだけ見せるもので、今ここで黒田は自分に見せる気もないのだ。

なんだか化かされたような気分で、結はエレベーターで一階に下りた。既に玄関口にはシャッターが下りている。

夜間通用門から外に出た。生暖かい風が、吹きつけてくる。

なんてことだ。

歩きながらさっきの出来事を反芻《はんすう》した。黒田さんが俺を好きで、でも俺は円堂さんと恋人同士じゃないかと疑ってもいて。それでわざと残して問い質《ただ》した……。

起きたのはそれだけだ。ただ黒田が本気だったのかはおおいに疑問である。ふざけてもいなかっただろうが、どこまで真剣だったのやら。それは結には判らなかったし、判らないままでいいのだろう。

応える気持ちはないのだから。

考えつつ歩いていると、円堂の顔が脳裏にちらつく。まったく、とその顔に向かい、結は心の裡《うち》で言った。あんたのおかげでえらい目に遭《あ》ったじゃないか。

いや、そもそもは、アルバイトを志願した自分がその「えらい目」の端緒《たんしょ》なわけだが。

肩に回された腕を思う。三年間、円堂だけを思っていた。その気持ちに嘘はない。けれど待たされすぎたせいだろうか。その時、ほんの一瞬だけ、結は黒田に恋した。好きな人とは触れ合えないままだから。三年間、ずっと思い続けてきた人に、なかなか会えないから。現実にあるその温《ぬく》もりに。引き寄せる力に。引きずられそうになった。

だから。

急いで円堂に会わなければならない。

あの勁《つよ》さが気持ちよくなってしまう前に。

円堂邸には、灯《あか》りがついていた。

とりあえず在宅していると判って、結はほっとした。電話もなにも入れないで来た。衝動に段取りはないから。会いたいと思ったら会いに行く。抱きしめて欲しいと願ったなら、抱きしめてもらう。

門扉越しに窓の灯りを眺めながら、呼び鈴を押す。

インターフォンから、

「はい？」

少しそっけない声。

「創明社《そうめいしゃ》です」

「――ユイ?」

周章てる気配がある。じきにアプローチに円堂が現れ、こちらに歩いて来た。

「どうした? 今月は創明の締め切りはないぞ」

門扉を開きながら言う円堂を、結は軽く睨んだ。

「原稿とる以外の理由で、ここに来ちゃだめなわけ?」

「や、いや――そんなことは……ない。もちろんない」

ややたじろいだようでいた円堂だが、途中から思い直したように勁い調子で言った。

「いらっしゃい」

両手を広げたその真ん中に、結は飛び込んだ。


円堂の家で、円堂のベッドで初めて、結は円堂に抱かれた。

三年を置いて、記憶の中にだけ存在していた行為が、実感を伴《ともな》って蘇《よみがえ》ってくる。

この三年、好きな人さえ作れなかった結だ。

円堂は、毀《こわ》れものでも扱うように慎重に結をベッドに横たえ、蔽《おお》いかぶさってくる。

「ん――」

キスは深くて長い。円堂の舌が結のそれを絡めとり、吸い上げる。

息苦しくなって、結が音を上げるまで、くちづけは続いた。そうしながら、円堂の右手が結の身体をまさぐる。

Tシャツをくぐって来た掌が、ゆっくりと脇腹を撫でた。少し冷たい指先が、肌を這《は》う。くすぐったくて、結は身をよじったが、その指が胸の突起を捉《とら》えると、笑うどころではなくなった。

「あ……」

まさぐられ、身体が緊張する。

こわばったのは一瞬だけで、すぐに懐かしい快感が広がっていった。

三年前、円堂に抱かれて以来、誰ともこんなふうに触れ合っていない。セックスはもちろん、キスすらしていなかった。

不馴れな結を察知したか、円堂は乳首を玩《もてあそ》ぶ手を止めて、

「もしかして、あれから誰ともしてない?」

顔を上げた。

「……うん」

「三年も……?」

「だって、誰も他に好きにならなかったもん。つきあったこともないし」

円堂はまじまじと結を見つめていたが、それを訊くと、嬉しそうににまっとした。

「じゃ、俺が開いたっきりなんだ。ユイの身体」

「……気持ち悪い？　そういうの」

「気持ち悪いもんか」

円堂は再び結にくちづけた。

「それどころか、喜んでるよ、ほら――」

押しつけられた下肢《かし》が、円堂の欲望を表して硬い。

「あんたは？」

ジーンズ越しにも伝わる熱さを感じながら結は問うた。

「え？」

「あんたは、何人とした？　三年間」

「……そんなこと訊いてどうするの」

「つまり、やってたんだな」

「仕方がないだろ、そんなのは」

むろん追及する意味合いなどなかった。ただ、困る円堂が見たかった。ほとんどというか、一度しか経験のない結に対して、円堂はずいぶんと余裕があるように見えた。そのことが、悔しかったのだ。

そして、円堂の返事は、彼も普通の男であることを教えていた。

「でも、男は抱いてないから」

罪を軽減するかのように円堂は言う。

「男は、お前しか知らないから」

「うん」

「……会いたかった、ずっと」

再び唇が重なった。胸へのタッチも再開する。突起の部分を指の腹で潰すようにした後、ふいにその指が乳首をつまむ。

「あ――っん」

はしたない声を上げてしまった。感じてしまったのだから仕方がない。同時に背筋がぞくりとする。三年間眠っていた本能が、快楽の記憶を思い出した。

「ユイ……」

円堂の唇が、うなじを這う。そうしながら指の間で二つの突起を擦《こす》る。やがて、尖《とが》らせた乳首に、唇が吸いついてきた。

「あ……ん」

結はただ声を上げるだけになる。唇と指で、胸をかわるがわる愛撫しながら、円堂は下肢に触れてきた。

そこがどんな状態なのかは、意識しなくとも判る。胸への愛撫で完全に覚醒したものが、下腹部で渦巻いている。やがて、前が開かれ、下着の上から円堂が触れた。

「……っ」

布地越しにでもその掌を感じると、期待に頭をもたげたものが、ますます凶暴になる。

「すごいな」

囁いて、円堂が下肢から着衣をすっかり剝《は》ぎ取った。

むき出しになった結の欲望を握り締める。

「あ――っ」

「こんなに濡れてる」

かっと顔が熱くなった。円堂は先端を爪で引っ掻くようにすると、結のそれが零《こぼ》した涙を掬《すく》いとった。

「――ほら」

濡れた指先から目を逸らし、結はうつむいた。その顎をつかまれ、持ち上げられる。

荒々しく舌を絡めとり、円堂は烈《はげ》しいキスをしてくる。

「む……」

キスをしながら扱《しご》かれただけで、結はあっけなく果てた。円堂の掌を汚し、大きく胸を上下させた。

「まだなんもやってないのに」

惚けた声で言う円堂を、結は睨んだ。

「じゅうぶんすぎるくらい、やってるよ！」

「すぎるってことはないと思うけどな」

冗談めいたムードになったのはその一瞬だけで、すぐに円堂はまたかぶさってくる。両足を大きく開かせ、その間から後ろを探る。

円堂を待って息づくそこは、入り口を探られただけでぴくりと震えた。

「――痛い？」

結はかぶりを振った。

再び溢れ出してきた蜜を指にとり、円堂の指がはざまに進入してくる。ただ挿《い》れただけではなく、奥でゆっくりと動かす。

「あ、あ――っ、あ――ん」

肉壁を引っ掻《か》くようにされて、結は声を上げた。円堂の指が、結のスポットを正確に突いてくる。そこを擦られると、張り詰めた先端からさらに雫が溢れ出す。それは会陰《えいん》を伝い、シーツを濡らす。

「あ……あっ、あん、や、だも――う」

次第に余裕を喪《うしな》っていく自分が怖くて、結は円堂の身体にしがみついた。すがるものがないと、毀《こわ》れてしまいそうだった。

そんな結を抱き返しながら、円堂はなおも内奥《ないおう》をかき回す。

「や——も、はや、く……」

指では足りなかった。もっとたしかな証《あかし》が欲しい。円堂も、結を求めているのだと判る証拠が。

感じ取ったのか、円堂が指を引き抜いた。

涙にかすむ目を凝《こ》らすと、円堂は前をくつろげ、下着の中からその証を摑み出した。円堂の股間で、雄《オス》は猛《たけ》り狂っていた。

そのことにほっとし、結は目を閉じた。

欲望を晒《さら》して濡れそぼった円堂が、入り口に押し当てられる。

そのまま、一気に貫いた。

「あ、あ——っ」

やはり馴れない身体だ。引き裂かれるような痛みが全身を駆け巡る。

無意識のうちに逃れようとしたか、ずり上がった結の頭を押さえるようにして円堂は引き戻す。

そのまま腰を摑んで、いっそう奥まで穿《うが》った。

「は——あ、ん」

衝撃に、結は喉をひくつかせる。

すべてを納めてしまうと、円堂は大きく息をつく。

結は薄目を開けた。円堂の目が、見下ろしている。優しい目。眸《ひとみ》に籠もった、熱い感情。

「えんど……さん……」

「ユイ――、俺がいるのが判るか？」

「わ……かる、俺の中に……円堂さんが――あ――」

顔が近づく。

長いキスの後、円堂がゆっくり動き始めた。

指でさかんに刺戟していた部分を擦られ、結はまた声を放つ。浅く腰を引いたかと思うと、また深々と突いてくる。

緩急をつけた抽挿《ちゅうそう》に、結は次第に気が遠くなってきた。もう痛みは消えて、代わりになにか熱い疼《うず》きが身体の最奥に生まれている。

その疼きの真ん中を、円堂が抉《えぐ》る。突き上げられるたび、たまらない快感が背骨を走り抜けた。身体の中心で、萎《な》えていたものがまた勃《た》ち上がっていた。円堂の動きにあわせるように、それは震え、淫《みだ》らな蜜を零す。

寝室に、淫靡《いんび》な欲望の花がいくつも咲いた。押し寄せる波に、結は続けざまに喘《あえ》いだ。

待ち焦がれた人と、ようやく一つになれた。安心して抱かれることができた。好きだと思う気持ちが、よりいっそう深くなる。

やがて、打ちつけられる腰のリズムが速くなった。三年間、焦がれ続けた男に抱かれている。その事実が、結を熱くさせる。ずっとこんなふうにしたかったのだ。

円堂の手がシーツを滑り、投げ出されていた結の掌を握り込む。

「ユイ」

「あ……ああっ」

しっかり円堂の手を握りしめ、結は自分を解放した。


鼻腔《びこう》を、嗅《か》ぎ馴れた香りが掠《かす》める。

結は目を開いた。

ベッドの上に半身を起こし、こちらに背中を向けて、円堂は煙草を吸っている。

無防備な後ろ姿に、ふといたずら心が湧いた。

「！　こらっ」

円堂の半身の一番下……シーツに触れている臀《しり》の部分を指でつつくと、円堂はびくりと跳ね、こちらを向いた。

「だ、ダメだよ円堂さ、た、煙草煙草！」

枕で結の頭をはたき、逆襲してくる円堂から煙草を奪い、結は灰皿に擦りつけた。

「あーあ、折れちゃった」

円堂が、じろりと睨む。

結は気持ちを込めて、その目を見る。

やがて降参したように、円堂の顔が近づいてきた。

「ち、ちょっと、ちょっと――」

そのまま二回目に突入しそうな勢いで抱きしめられ、結はもがいた。

「ダメだよ」

「なんで」

「身体……痛い……」

それは嘘ではなかった。結にとってはかなりの間、蹂躙《じゅうりん》されていたそこは、まだひりついている。下半身に力が入らない。

「弱いなあ、ユイは」

円堂は呆れたように言い、それからくすっと笑った。

「なんだよー」

「まだまだ子どもだなと思って」

その言葉に、結は目を見開いた。

「それでか？」

「え？」

「俺がまだ子どもだから、大人になってないから、だから会いに来てくれなかったのか？」

それはつまり、結から来なければ、こんな関係も復活させなかったということを指す。

円堂はヘッドボードに凭れてちょっと困った顔になったが、やがて、

「ほんとのところ」

と言った。

「会いには行ったんだ」

「俺に？　うそ、いつ」

「卒業式」

円堂はこちらを見た。

「ユイが高校を卒業した日、俺は学校に行ったんだ」

「……それ」

「花束《はなたば》持って、父兄のふりして式場に忍び込んだ。でも、ユイは来てなかった」

「俺……熱出して、卒業式出られなかったんだ……」

「そうなんだろうなと思った。すごく心配だったけど、ヤジだっけ。あいつが携帯でユイに電話してるのを聞いちゃってね」

「ヤジが？」

そういえば、あの日たしかに、式の後矢島《やじま》が電話をかけてきた。

熱は下がり、だるさもとれていたので、結はそのまま打ち上げが行われる店まで行ったのだった。

けれど、もし円堂がそこにいると知っていたら、そこには行かなかった。

「ひどいよ。そんなことであっさり引き下がるなんて」

思わず抗議する口調になっていた。円堂は困ったように肩を竦めた。

「引き下がりたくはなかったよ。でも、その時思ったんだ。早すぎた、って」

「早すぎた……？」

「ユイはまだ高校を卒業したばかりなんだ。連れ回した時から、まだ一年しか経ってない」

「俺がまだ大人じゃなかったから？」

「ほんとう言えば、怖かった」

円堂は、白状するように言った。

「今のユイには、まだ友達のほうが大切で……まだ十八で。俺のことなんかとっくに忘れてて……目が覚めたっていうのかな。そういえば、俺たちはなにもはっきり約束したわけじゃない。思いを募《つの》らせているのは俺のほうだけで、お前はなんとも思ってなくて、しれっとなにしに来たの？　なんていわれるんじゃないかって思った。怖くて、それ以上踏み込めなかった」

「そんな……俺、ずっと待ってたのに。三年も待ってたのに」

「九月になればユイは二十歳だ。忘れられてるにせよなんにせよ、区切りをつけるために会いに行くつもりだった……本当だ。お前のほうからやって来るなんて、思いもしなかった。驚いたな、あの時は」

「……そうは見えなかったけど」

「感情が表に出にくいタイプなんだ。悪かったな」

「……」

「ごめんな、待たせて。俺がユイに会いたいほど、ユイのほうが俺に会いたいと思ってないかもしれない。それが怖かった」

「約束をくれなかったのは、そっちじゃんか」

「ユイ」

「俺待ってたよ？　毎日毎日、鳴らない電話とにらめっこして、誕生日が来るたび、今年こそはって期待してたのに……」

「ごめん」

円堂は、恥じ入ったというように頭を下げる。

「いいけど……会えたから」

それ以上責めることはできず、結は手を伸ばして円堂に触れた。

つかの間、探り合う視線。

それはすぐに絡まって、二人は再び顔を近づけたのだった。

*

アルバイトの最終日、結《ゆい》の送別会が行われた。いつもの焼き鳥屋に黒田《くろだ》以下編集部の面々と、なぜか桜庭《さくらば》が加わっている。原稿を届けに来て、宴会の匂いを嗅《か》ぎつけたという。

「版元の金で飲める機会なんて、そうそうないスから」

今日は、コバルトブルーの地に椰子《やし》の木模様のアロハに、テンガロンハットといういでたちである。心はいつも南の島に飛んでいるらしい。

「人聞きが悪いな、桜庭さん。いつも接待してるじゃありませんか」

島津《しまづ》が心外そうに言う。

「でも、上総《かずさ》さんみたいに料亭接待なんかされたことないも一ん……もっと売れればいいんですね、はいはい」

と言いながらも桜庭はあまり不満そうでもなく、一番先に座敷に上がって行った。

それぞれに注文した飲み物が揃ったところで、乾杯の音頭を黒田がとる。

「えー、それでは、この一ヵ月半、一緒にがんばってくれた高梨《たかなし》君に感謝をこめて」

七人分のグラスが合わされる。

「お疲れさまでした」

紅一点の曽根《そね》が、隣から言った。

「あ、こちらこそ、あんまりお役に立てなくて……」

そんな挨拶を交わしていると、本当にこれで最後なんだなあと感慨がこみ上げてくる。雑用メインとはいえ、愉《たの》しいバイトだった。

「高梨は今二年？　だったら、冬もやれるよな」

根本《ねもと》が言う。一杯目のビールを半分がた飲み干してしまい、飲み物のメニューを手にしている。一緒に飲むのは初めてだが、相当いける口らしいことは判った。

冬休み、と聞いていやでもあの夜のことが蘇《よみがえ》る。黒田も、同じことを言っていた。ただその理由が、きっと他とは違っているというだけで……結ははあ、と頷いた。

「使ってもらえるんなら、冬休みも春休みも来たいです」

「使うに決まってんじゃん。ねえ編集長？」

浜崎《はまさき》が言い、黒田はにやりとした。

「そりゃ、高梨さえその気ならぜひ。なあ？」

意味ありげな視線を送ってくるので、結は困ってうつむいた。

黒田とは、あれからなにもない。翌日普通に出勤したら、普通に夕方出てきて、普通に仕事を言いつけ、普通に夜食をおごってくれた。

二人きりになったら、またあの妙なムードに陥《おちい》るのかと思ったが、黒田はあの夜のことなど忘れたようにふるまった。

結局、揶揄《からか》われただけなんじゃないかという気がする……でも、本当のところは判らない。この、ポーカーフェイス。

「……よろしくお願いします」

いつまでも黙っていては不自然に思われるかもしれなかった。結はサワーのグラスを手に頭を下げた。

「おう。頼むよ」

黒田が屈託のない様子なので、結もまあいいかと思い直した。

「高梨君は、社会福祉学を専攻してるんですよね？　将来は、ソーシャルワーカーやその方面に進むんですか」

いつも丁寧な島津が、やはり丁寧語で問いかけてくる。

「や……それはまだ……」

たまたま付属大学の、たまたま空いていた推薦枠に飛び込んだだけだ。将来のビジョンもなにもない自分が、恥ずかしくなる。大学は、四年間のモラトリアム。そんなふうに考えていたのだ。

「もし行くところがないなら、うちに来れば？　高梨君なら、いい――」

曽根は言ったきり、口を噤《つぐ》んだ。いい、何になるのかという点に躊躇《ためら》ったのだろう。

「いいパシリになれるな」

と浜崎が引き取る。

「ぱ、パシリって……」

結はしどろもどろになったが、黒田はにっこり笑って、

「いや？　使える編集者になれるんじゃないの。主にアユキチ方面限定で」

どきりとさせることを言う。

「そういえば、あの落としの鮎基一郎《あゆきいちろう》の原稿とってきたんだよな、高梨は」

「えっ、いつですか？　もしかしてこないだの？」

俄《にわ》かに興味を抱いたらしい桜庭に、島津がことの顚末《てんまつ》を説明している。

「ほー。そりゃすごいねー、君？　どんな魔法使ったの？」

「たまたま、先生が逃げてなかったってだけだろ」

答えられない結に代わり、黒田が言った。

「そんなこともあるんだー……でも君、すごいかも。すごいラッキーボーイ」

「だからこそ、冬もお願いしたいってことで……アユキチといえば、そろそろ先生のボトル持

って来てもらうかな」

「げっ、編集長、そんなことしていいんですか？」

浜崎が目を剝《む》く。

「いいんだよ。だって……ほら来た」

入り口の扉ががらりと開き、全員がそこに注目する。

入って来たのは——。

「鮎先生」

曽根がびっくりした声を発した。

結だって驚いている。なんでこの場に円堂《えんどう》が……と、思い当たって黒田を横目に見た。

にやにやしながら、煙草《たばこ》に火をつけている。

人が悪い。結は、近づいて来る円堂に、小さく頭を下げた。

「どうも。お邪魔します」

「先生、なんでこんなところに？」

浜崎の問いに、にやりとすると、

「俺から原稿奪い取ってったアストロボーイの送別会だって聞いたからさ。君、その節は迷惑かけてすまんかったね」

円堂は言い、意味ありげに笑う。

「隣、いい？」

「……どうぞ」

こいつもこいつで、人が悪い。いみじくも黒田に看破されることとなった三人で飲んだあの日と、同じ店で同じ席である。何食わぬ顔で傍らに腰を下ろしてくる円堂を、結はちょっと怨《うら》んだ。

「俺のボトル、飲もうとしてたでしょ、今」

円堂は煙草を取り出しながら言う。

「鮎さんのいないところで、俺たちで飲みつくそうなんて算段してたわけじゃないですよ」

「まあいいや。お招きありがとうございます……早速だけど、焼酎《しょうちゅう》ロックで。レモン入れて」

「来たよ」

黒田は屈託のない様子で笑っている。

結は、そろそろとすだちサワーを口に運んだ。

「何杯目？」

と、円堂が訊ねてくる。

「え」

「こないだ、四杯で撃沈しただろうが」

「えー、こないだって、高梨君と鮎センセで飲んだんですか？」

曽根が目を丸くした。

「俺もいた。こいつは四杯で旅立たれた。で、鮎さんに送ってもらったんだよ」

「鮎センセに？」

「近くだったからね、たまたま」

飛び交う会話に、結は気が気でない。いつ露呈するか、はらはらしながら聞いていたのだが、さすがはというか円堂はまったく綻《ほころ》びも見せずに皆と談笑している。

「食わないの？」

気を揉みつつ見ているだけの結に、円堂がいきなり声をかけてきた。

「えっ」

「さっきから、なんも食ってないじゃん。食わないと大きくなんないよ？」

円堂は、つくねとねぎまと砂肝《すなぎも》の串を結の皿に取り分けた。

「鮎さん、こっちはサービスしてくんないの？」

黒田が冷やかすように言う。

「はいはい。クロさんはお湯割り？　ダブルだっけ」

「やだー、鮎センセそんなことしなくていいですよ。私が作りますから――」

「曽根、こっちにも湯割り」

「浜崎さんは自分で作って下さい」

「うお、差別だ」

送別会というより、ただの飲み会と変わらない騒々しさである。

でも、と結はつくねを咀嚼《そしゃく》しながら思った。

愉しいから、まあいいか。


にぎやかな送別会がひとまず終わり、一行は外に出た。

「カラオケ行く奴ー」

浜崎が声をかけ、

「はいはいはいー」

真っ先に桜庭が反応している。

「高梨も行くよな?」

根本に問われ、結はえ、と躊躇《ちゅうちょ》した。

円堂が、さりげない様子でそばに来ている。

「そこは、帰りだから」

すると黒田が、振り返って言った。

「そこはって……高梨と鮎センセ?」

「お子様は寝る時間。売れっ子の先生は原稿書く時間」

黒田はてきぱきと振り分け、こちらに向かって手を上げた。

「じゃあな高梨。冬休みも来いよ？」

「——あれって、なんかヘンな意味でもあんのかな」

二次会へ流れる群れから離れ、並んで歩き出すと、円堂が言った。

「ヘンって」

「俺とユイのこと」

「さ、さあ……」

黒田は、二人の関係を知っている。黒田が知っていることを、円堂は知らない。

この場合、やっぱり黙っておくほうがいいんだろうな。

気遣ってくれた黒田のために、結は口を噤《つぐ》むことにした。

「俺が鮎先生のファンだって知ってるから、二人きりにしてくれたってことじゃないのかなあ」

言うと、円堂は笑って、

「ファンねえ」

冷やかすようにこちらを見下ろした。

「ふ、ファンじゃないか」

「他のミステリ作家の名前、一つも出てこないほどのファンなんだな」

「厭味《いやみ》かよ」

「いや。光栄だけど」

それでも喉の奥をくっくっと鳴らして笑っている。

「冬って、冬休みもあそこでバイトするのか？」

円堂は話を変えた。

「うん……たぶん。俺なんかでも使ってくれるっていうしさ」

「そうか。愉しみだな。またお前が、鬼のような形相《ぎょうそう》で原稿取りに迫ってくるわけだ」

「自分が鬼にさせてんだろ」

結が言い返すと、円堂は肩を竦めた。

「まあいいや。愉しそうだから、それでいい」

さっき結が思ったのと同じことを言っている。愉しければそれでいい。真理だが、なにか大切なことを忘れているような。

「……もし俺が、あそこでバイトしてなければ、俺たちまだ再会できてなかったのかな」

思いついて、結は問うてみた。

円堂は、

「だからさ」

とちょっと心外そうに言った。

「二十歳になったら、会いに行くつもりだった。この前もそう言っただろう」

「ほんとかよ」

「本当だよ。忘れられてても、もう俺を待ってなくても……大人になったユイを、この目で見たかった」

「もうちょっとで大人になるよ」

すると円堂は、しげしげと目を見開いて結を見つめた。

「お前は大人だよ――子どもでもあるけど」

笑いを含んだ声で言う。

「なんだよ、それ。どっちなんだよ」

結は抗議したが、内心ではその通りかもしれないと思っていた。

好きな人のこととなると、後先考えずに行動してしまう向こう見ず、仕事はどんなことがあってもやり遂げる意思。どっちも自分で、自分じゃないような気がする。

そうして、気づいた時には本物の「大人」になっているんだろう。何年先かは知らないが。

十六歳の時に、円堂に出会った。

 十六歳の気持ちのままでいられて、よかった。

 焦らなくてもいいぞ、と、三年前の自分の肩を叩いてやりたい。

三年経《た》てば、きちんと巡り会えて、こんなふうに一緒に歩けるようになるのだから。

あとがき

榊花月

ってなわけで、こんにちは。なんかこればっかりだな、最近、出だし。

ページをめくると、さっきまで読んでいた話を書いた人間がいきなり「ってなわけでこんにちは」って出てきたらものすごくイヤ。判ってはいるのですが、まあどんなあとがきだろうと書いている人間はその本の作者ですから、逃れられません。これはみうらじゅん言うところの「いやげ」でしょうかね。イヤな土産物。

……イヤなのか。

気を取り直して、こんにちは。ここまでお読みいただきまして、どうもありがとうございます。あとがきから読んでいる方も、こんにちは。本編のほうもどうぞよろしくお願いします。

いやげが出たので旅の話を。

わりと旅行しているほうです。電車やバスや船、旅というより移動が好きで(飛行機は例外)長く乗り物に乗っていられればいられるほど嬉しい。たまに一人で在来線乗り継ぎの旅に出たりしています。

移動した先には宿があるわけですが、一人旅の時はホテルに泊まることが多いです。駅から近ければなんでもいいので、ビジネスホテルの時もあり、地元で一番大きなホテルの時もある。

そのホテルは、東北のある駅前にありました。

ホテルの他には店が二、三軒ばかり。コンビニも自動販売機も見当たらない。まあ、そういう駅でした。

かなり旧《ふる》そうな宿だなと思ったのです。毛足の長い絨毯《じゅうたん》が敷かれ、椅子には真っ赤なベルベットのカバーが垂れている、なんとなくベルサイユな感じだけど手入れされてないのよ……といった内装。ベッドカバーは毛玉だらけ、おまけに寝そべっただけでギコギコきしみます。

まあ、しょうがないなと思いつつ、お茶でも飲むかと急須の蓋《ふた》を開けたら……。

前のお客さんが使ったままになっていました。

なんか、他人のゲロを見てしまった時のような気持ちです。掃除してないのか、このホテル。

しかし怖ろしさのあまりフロントに電話してクレームをつけることもできず悶々《もんもん》としました。

本を出すにあたって、たくさんの方にお世話になりました。

新書館のスタッフの皆様、お世話になりました。

イラストの西河樹菜《にしかわじゅな》さん。雑誌掲載時からお世話になっております。お疲れ様でした。

手に取って下さった方々。どうもありがとうございました。少しでもお気に召して頂けると幸いです。感想など教えて下さるととても嬉しいです。おまけストーリーを用意しておりますので、よろしくお願いします。

榊　花月　拝

D E A R + N O V E L

子どもの時間《こどものじかん》

この本を読んでのご意見、ご感想などをお寄せください。
榊 花月先生・西河樹菜先生へのはげましのおたよりもお待ちしております。
〒113-0024 東京都文京区西片2-19-18 新書館
[編集部へのご意見・ご感想] ディアプラス編集部「子どもの時間」係
[先生方へのおたより] ディアプラス編集部気付 ○○先生

初 出

子どもの時間：小説DEAR+ 03年アキ号（Vol.11）
オトナの場合：書き下ろし

新書館ディアプラス文庫

著者：**榊 花月** [さかき・かづき]
初版発行：**2006年 3月25日**

発行所：**株式会社 新書館**
[編集] 〒113-0024 東京都文京区西片2-19-18 電話(03)3811-2631
[営業] 〒174-0043 東京都板橋区坂下1-22-14 電話(03)5970-3840
[URL] http://www.shinshokan.co.jp/
印刷・製本：**図書印刷株式会社**

定価はカバーに表示してあります。乱丁・落丁本はお取替えいたします。

ISBN4-403-52129-0

S H I N S H O K A N